Heinrich B. Siedentopf
Der Fridolin

AF210772

Die Deutsche Nationalbibliothek verzeichnet diese Publikation in der Deutschen Nationalbibliografie; detaillierte bibliografische Daten sind im Internet über dnb.d-nb.de abrufbar.

Titelbild:	Heinrich B. Siedentopf, 1952 im Alter von 17 Jahren
Layout und Satz:	www.estcreativity.de
Herstellung und Verlag:	Books on Demand GmbH, Norderstedt
Herausgeber:	Adrian Siedentopf Telefon: 08801.95068, E-Mail: adrian@estcreativity.de Bahnhofstraße 29, 82402 Seeshaupt

2010 © Heinrich B. Siedentopf

ISBN: 9783839184226

Heinrich B. Siedentopf

Der Fridolin

Texte aus einer Jugendzeit

INHALT

Das Gastmahl

1952

PERSONEN

Cassius .... ein junger Römer

Julius .... Vormund des Cassius

Cassandra .... Tochter des Julius

Synemone .... Mutter des Julius

Germanicus .... ein General

Distel .... Frau des Generals

Snuffius .... ein Bankier

Notus .... ein Lehrer

Aster-Effra .... ein Mitrapriester

Leander .... ein Legionssoldat

Spartacus .... erster Sklave des Julius

Rufus .... zweiter Sklave des Julius

Ort der Handlung: Eine römische Villa

1. BILD

Im Garten

1. Auftritt

(Cassandra)

Cassandra (Fische fütternd):
Jeden Tag seh' ich das gleiche,
Wenn ich in das Becken blicke,
Das von einem Silberquell
Leise plätschernd angefüllt,
Meinen Fischen Heimat bietet.
Sachte zieh'n sie hin und her
Zwischen grünen Wasserpflanzen.
Öfters jagen sie sich auch.
Ihre großen runden Augen
haben stets den gleichen Blick:
Gleich beim Fressen, gleich im Schlaf,
gleich beim Beißen, gleich im Tod.
Von der Seele weiß ich nichts.
Schlängelt sich ein munt'rer Wurm,
Den zum Fraß man ihnen gab,
Ahnungslos und voller Wonne
Durch des Wassers klare Flut,
Schießt mit Gier der erste Fisch
Und mit wilder Lust der zweite

Hin zum Wurm, der schnell geteilt,

Ohne Schrei verenden muss.

Fort ist er und doch noch da.

Immer sei das so im Leben,

Sagt mein Vater Julius,

Einer muss den andern fressen,

Weil er sonst verhungern muss,

Und es wäre gut für ihn,

Wenn auch seine Menschenaugen

Immer gleich und ausdruckslos

Inneres verbergen würden.

Doch, mein Vater ist kein Fisch!

2. Auftritt

(Cassius und Cassandra)

Cassius (durch die Tür spähend):

Cassandra?

Cassandra:

Cassius?

Cassius (eilt auf Cassandra zu):

Cassandra, liebst du mich?

Cassandra:

O, Liebster, meiner Liebe sei gewiss!

Cassius:

Ist es nicht ärgerlich, dass wir
Nur heimlich und so selten
Uns treffen können?

Cassandra:

Großmutter Synemone passt gar sorgsam auf,
Sie will von unsrem Bund nichts wissen!

Cassius:

Du bist zu jung,
Ich habe mich noch nicht bewährt,
Das ist es, was die Alten immer sagen!

Cassandra:

Mein guter Vater ist dir wohlgesonnen.

Cassius:

Doch wird wohl er uns nicht
gegen ihrem Willen helfen.

Cassandra:

Wir müssen irgendwie sie überlisten.

Cassius:

Ob wir ihr nicht beim Gastmahl
eine Falle stellen?
Sie liebt den Wein ja über alles
Und hält dem Alkohol nicht stand.

Cassandra

(die Hände vor die Augen haltend):

Dein dunkler Plan macht mich erbeben,
Jedoch ist alles ja der Liebe wegen!

Cassius:

Wenn sie vom Trinken schon umnebelt,

Nah ich mich schmeichelnd ihr

Und werd' mit listig wohlerwog'nen Worten

Vor Zeugen sie zum Einverständnis bringen,

Daß wir bald Hochzeit feiern dürfen.

Cassandra:

Ob das genügt? Es wäre besser,

Wenn wir ihr Ja und Amen

In einem Dokument besäßen.

Cassius:

Dann machen wir es so,

Ein Schriftstück, das ich vorbereite,

Soll sie betrunken unterzeichnen.

Dann hab' ich's Schwarz auf Weiß,

Dann wirst du mein, Geliebtes Täubchen.

Denn was man schwarz auf weiß besitzt,

Kann man getrost nach Hause tragen.

Cassandra:

Doch, wenn der Streich dir nun missglückt,

Dann geht's uns schlechter als zuvor!

Cassius:

Ach, mir misslingt so leicht doch nichts,

Stets bin ich ja ein Sohn des Glücks!

Cassandra:

O Schreck! Da hör' ich jemand kommen!

Lauf schnell davon, und mach das Dokument
an einem sich'ren Orte fertig!

Cassius:

Heilige Aphrodite, es ist die Alte,
Schon ist's zur Flucht zu spät!

3. Auftritt

(Synemone, Cassius und Cassandra)

Synemone:

Ha – ha, was muss ich schauen!
Hab ich's euch nicht verboten?

Cassius:

Der Zufall nur ließ mich Cassandra treffen
Als grade ich von meinem Vormund kam.

Cassandra:

Der Vater hat zum Gastmahl ihn geladen.

Synemone:

Doch hoffentlich nicht auch noch zum Gelage!

Cassius:

Ich hoffe sehr, dass ich beim Wein den Reden
Der würd'gen Gäste lauschen darf.

Synemone:

Was man beim Weine schwätzt
Ist immer Torheit!

Cassius:

Verzeiht, ich gehe jetzt,

Um mich zum Mahle umzukleiden.

Doch vorher hab' ich noch zu schreiben!

(Er geht, nachdem er Cassandra einen
verschwörerischen Blick zugeworfen hat)

Synemone:

Schreibe du nur, doch spar

Mit Wohlgeruch und Salben,

Ich hasse diese Düfte! –

O Weh, mit diesen Kindern

Hat uns die Götterwelt gestraft.

Geh auf dein Zimmer, Tröpfin!

So früh darf Liebe sich

In deiner Brust nicht regen!

(Cassandra ab)

Die heut'ge Jugend! –

Wenn zurück ich denke,

Wie wir zu meiner Zeit

Noch streng gehalten wurden.

Um Ausred' sind sie nie verlegen.

'Durch Zufall treffen!'

Ich weiß nicht wie das enden soll,

Wenn wir die beiden nicht bald trennen.

Der Cassius muss weg!

Ich werde mit dem General heut sprechen.

Der Dienst in der Legion
Wird etwas Rechtes aus ihm machen.

4. Auftritt

(Julius)

Julius (mit einem Brief):
Was schreibt er denn, mein Babulus?
Ob er wohl Geld will oder Protektion,
Denn wollen tut heut jeder was.
(vorlesend):
'An Julius Scaevola
Entbietet Babulus den Gruß
Und hofft, daß die Gesundheit wohl.
Verehrter Julius,
Voll Trauer schreib ich diesen Brief.
Wir fühlen uns hier nicht mehr sicher.
Ein Freund von mir, der junge Linsius,
Den du ja kennst, ist jüngst geraubt
Von tückischen Mongolen,
Die an der Grenze auf ihn lauerten.
Nun ist sein Schicksal ungewiss.
Des Nachts flieht mich der Schlaf.
Mein Arbeitseifer, meine Müh'n,
Die Lust sogar zum Gelderwerb

Erloschen und dahin.

In meinem Hause in Regina Castra

Legt er die Mannestoga an,

Und zu den höchsten Ämtern

Wär' er hinaufgestiegen.

Ein Vater war ich ihm,

Er mir ein lieber Sohn.

Weiß du mir keinen Rat

Wie man Mongolen nahen kann?

Zu Lösegeldern wär'n wir gern bereit.'

(Julius steckt den Brief in die Toga):

Ach, Babulus, was soll mir das,

Wo heut doch jeder seine Sorgen hat.

Indes, wenn ich es recht bedenke,

Die schlimmen Zeichen mehren sich.

Ob es nicht besser ist, wenn ich verkaufe,

Was mir an Grundbesitz

Am Limes noch verblieben? –

Doch da kommt Snuffius, mein alter Freund.

Sei mir willkommen Snuffius!

5. Auftritt

(Snuffius, Julius)

Snuffius:

Ha, Julius, den Gruß voraus,

Mag Jupiter zum Mal heut gutes tun!

Julius:

Doch was ist los?

Gesteh es ein, dein Blick ist stier,

Die Wange fahl,

Und deine Hände zittern.

Snuffius:

Drei meiner Sklaven musst ich heute

Dem Henker übergeben.

Sie haben sich an meinem Eigentum

Mit frefler Hand vergriffen.

Nun sind sie hin,

Und ich bin ärmer worden.

Fünfzig Denar das Stück,

Und jede Lieferung wird schlechter.

Julius:

Auch ich hab' schlechte Nachricht heut bekommen.

Wie mag es in Germanien weitergeh'n?

Snuffius:

Die Börse war bedenklich schwächer,

German'scher Boden billig angeboten.

Julius:

Was sagt ihr? – Billig angeboten?

O, beim Merkur, was soll ich tun,

Das Gut am Limes günstig zu verkaufen?

Snuffius:

Nehmt was man bietet, aber schnell,

Legt euer Geld in Bernstein an!

Es steigt im Wert, und wenn der Weg

Nach Osten gänzlich ist verschlossen . . .

Julius:

So will ich's tun. – Doch nun genug der Sorgen,

Jetzt wollen wir zum Feste fröhlich sein!

Snuffius:

Du hast gut Reden Julius,

Der du das Glück zur Mutter hast.

Doch, à propos, wie geht es deiner Mutter.

Der würd'gen Greisin, was macht ihr Fuß?

Julius:

Ach , Snuffius, sie leidet viel,

Doch will der Tafel Freuden sie nicht missen.

Den Fuß muss sie wohl schneiden lassen.

Das macht dann Cato, der Chirurg.

Snuffius:

Nicht schön! – Jedoch, wir werden älter.

Ich kann mich noch genau erinnern,

Wie deine Mutter, eine junge Maid,

Den Blick so mancher Männer auf sich zog.

Auch ich könnt' manches gute Stück

Aus meiner Jugend dir erzählen.

Julius:

Die Jahre rinnen schnell dahin,

Wie bald spult sich ein Leben ab!

Dann kommt der Tod, der Faden ist zu Ende.

Wer weiß, ob etwas Bessres folgt.

Kein Mensch wird dieses jemals wissen.

(Julius und Snuffius schweigen einige Augenblicke)

Snuffius:

Doch horch, man kömmt!

Schon hör' ich Schritte hurtig nahen,

Und eine Toga auf den Fliesen rauschen

Und festes Erz und Silber klirren.

Julius:

Das ist der General in vollem Schmuck,

Und Notus hör' ich hinterher ihm rufen.

6. Auftritt

(Germanicus, Notus, Snuffius, Julius)

Julius:

Seid mir gegrüßt, Germanicus!

Ihr kommt gerade vom Senat?

Schon spricht man viel vom Krieg.

Germanicus:

Wohl schneller kommt er

Als ihr alle denkt!

Julius:

Und was sagt ihr, mein großer Philosoph,

Mein werter Notus? – Was macht

Das Werk von irdischer Vergänglichkeit?

Notus:

Es schreitet fort, ich bin zufrieden.

7. Auftritt

(Cassius, Germanicus, Notus, Snuffius, Julius)

Julius:

Willkommen Cassius, du bist ja hier zu Hause!

Wie geht's, was macht die hohe Schule?

Cassius:

Die Schule macht nicht immer Freude!

Wir Schüler, ja, das kann man sagen,

Wir haben es nicht leicht.

Wir müssen lernen, denken, streben

Und möchten lieber doch in Freiheit leben.

Und täten wir einmal, was uns beliebte,

Gleich stellt sich rächend das Ergebnis ein.

Wir büßen dann und wollen uns auch bessern,

Doch immer wieder wird nichts draus.

Dank Zeus, bald hat die Qual ein Ende!

(Die Gesellschaft lacht)

Snuffius:

Ach, wie ergötzlich ist es doch für uns,

Der Jugend kleine Sorgen anzuhören! –

Und immer wieder stell ich fest,

Auch ich war so vor vierzig Jahren.

Doch keiner gibt gern später zu,

Daß es so war. Er darf es nicht,

Denn der Respekt vor ihm,

Er würde leiden.

Julius:

Da endlich höre ich am Stabe

Den Mitrapriester Aster-Effra nahn!

8. Auftritt

(Aster-Effra, Cassius, Germanicus, Notus,
Snuffius, Julius)

Julius:

Willkommen heiß ich euch,

Ehrwürd'ger Aster Effra!

Aster-Effra:

Ich danke sehr,

Dass ihr zum Mahle mich geladen!

Julius (zu Germanicus):

Doch wo bleibt Distel,

Eure muntre Gattin?

Germanicus:

Sie ging heut früh schon in die Thermen,

Um sich dort schön zu machen

Für den Abend,

Und pünktlich wollt' sie hier mich treffen!

Snuffius:

Die Frauen, ja, die Frauen!

9. Auftritt

(Distel, Synemone, Cassandra, Aster-Effra, Cassius, Germanicus, Notus, Snuffius, Julius)

Julius:

Seid mir willkommen, liebe Distel!

Und da ist meine teure Mutter

Und meines Hauses Sonnenstrahl, Cassandra!

Distel:

Verzeiht, daß ich ein wenig spät.

Ihr findet mich ganz durcheinander

Von dem, was in den Thermen man erzählte!

Germanicus:

War nicht dein Haar heut früh noch schwarz?

Distel:

Nun ja, man trägt jetzt wieder blond.

Da habe ich es rasch mir bleichen lassen.

Germanicus:

Allmählich bin den Wechsel ich gewohnt.

Ist es das vierte Mal nicht schon,

Dass du der Haare Farbe hast gewechselt?

Distel:

Lass sehn: blond, schwarz und braun und rot,

Jetzt wieder blond, germanisch ist modern!

Julius:

Darüber müsst ihr später mehr noch sagen!

Jedoch, die Stund' rückt vor:

Der Bratenduft, merkt ihr es wohl,

Durchziehet festlich schon das Haus!

(er klatscht in die Hände)

Auf, Sklaven, sputet euch!

Und bringt die Tafeln und Gerichte!

Lasst's auch am guten Wein nicht fehlen.

Dass meine Gäste fröhlich werden!

Entfernt das Pech der Syrakuser Krüge

Und füllt den Mischkrug ständig auf!

Vergesst auch nichts von all den Köstlichkeiten,

Die lang für dieses Mahl ich aufgespart.

Ich will mir's heut was kosten lassen!

Snuffius:

Mein Arzt Menander zwar

Verordnet streng Diät und Abführmittel.

Nun ja, man lässt die Toren schwatzen.

Notus:

Der Denker preist wohl die Enthaltsamkeit,

Doch auch des Geistes fleisch'ge Hülle

Muss ab und an gelabet werden.

(Der Vorhang fällt)

2. BILD

Im Speisesaal

1. Auftritt

(Die Vorigen, Sklaven)

Julius:

Da sind wir froh beisammen nun,

Und finden alles was den Leib erfrischt

In reicher Fülle aufgetischt.

Den feinsten Fisch und Nachtigallenzungen,

Die unsre Dichter oft besungen.

Des Fleisches Lust, der Früchte Pracht

Auch Käse, mannigfaltig angemacht.

Und nicht zuletzt den besten Wein.

Doch damit sollten wir noch sparsam sein.

Erst wenn der Hunger weggewichen ist

Und ihr die Toga lockern müsst,

Trinkt ungehemmt den roten Feurigen

Und auch den prickelnd weißen Heurigen.

Nun langet aber kräftig zu

Und ehrt damit die Scaevolae!

Snuffius:

Wie schön es ist,

Dass man so köstlich essen darf,

So reichlich mit Gewürz

Und Kunst der Zubereitung

Geschickt auch variieren kann!

Synemone:

Ein Vogel freut sich grad so dran

An seinen Körnelein und Würmern

Wie wir am Braten uns

Und süßem Kuchen.

Germanicus:

Stets bin ich hoch entzückt,

Wenn ich an reich gedeckter Tafel

So friedlich ruhen kann!

Denn in Germaniens dunklen Wäldern,

Wo trüber Nebel in den Wipfeln hängt,

Musst' oft der Fladen harte Kruste uns genügen.

Der schwarzen Tümpel schlammige Gewässer,

Die tranken wir statt süßen Weins

Und sehnten uns nach Roms Genüssen.

Cassandra:

Ich kann mich am Genuss nicht richtig freuen,
Weil trauernd ich an all die Tiere denke,
Die sterben mussten, um uns wohl zu schmecken,
Und die sich nach der Priester Meinung
Nach ihrem Tod auf keinen Himmel freuen.
Das plumpe Schwein, das nie die Sonne sah,
Das dumme Kälbchen, das so gerne sprang,
Und all die schönen Fische aus dem Teich,
Der unglückselge Krebs, der heute Mittag noch
Auf kühlem Grunde rückwärts ging.

Julius:

Wie kannst du nur so töricht reden!
Hättest du Hunger und Entbehrung je gespürt,
So würdest du wohl anders denken!

Germanicus:

In dem besetzten Land, wo jüngst ich weilte,
Da war die Nahrung rationiert und jeder froh,
Der heimlich ein Stück Wild erwischte.

Synemone:

Bedenk', dass wenn wir nicht die Tiere äßen,
Sie bald uns aufgefressen hätten!

Notus:

Ein jeder, der einmal hat darben müssen,
Sei's der Gefangene im Kerker,
Sei es ein ganzes Volk nach Missernte und Krieg,
Wird dankbar stets ein gutes Mahl begrüßen

Und nicht nach seiner Herkunft fragen.

Snuffius:

Auch ich saß 'mal im Kerker,

Des Mords verdächtig an 'nem Juden.

Der Wärter rohe Schar verhöhnte mich,

Mit schweren Ketten war ich angebunden,

Entsetzen war mir jeder neue Tag.

Ein kleiner Krug voll Wasser,

Ein Stückchen schimmlig Brot

War meine Tagesnahrung.

Da wurden meine Zähne locker,

Des Leibes Fülle schwand dahin,

Den Gürtel konnt ich doppelt um mich schlingen.

Zwei Jahre darbt ich so – und war nicht schuldig!

Notus:

Dann war politisch wohl der Grund

Doch sicherlich zu der Gefangennahme?

Snuffius:

Die Schuldner hatten Angst vor mir,

Dem Cäsar wurde ich zu mächtig,

Als er sich von mir leihen musste.

Und einfach wurde so die Schuld getilgt.

Distel:

Ich hörte heute in den Thermen,

Dass ihr drei Sklaven richten ließet.

Was taten sie, die schlimmen Wichte?

Snuffius:

Es war im Morgengrauen,

Es krähte noch kein Hahn,

Kein Hufschlag tönte von der Straße

Kein Ochsenfuhrwerk knarrte träg vorüber,

Als grad ich aus der Badestube kam,

Um mir im Keller Wein zu holen.

Ich hielt den vollen Krug schon in der Hand,

Da hörte ich ein fremd Geräusch.

Starr hielt ich still und lauschte.

Es ächzte, knisterte und knackte.

Der Geldschrank! – war die erste Sorge.

Lautlos setzte den Krug ich nieder

Und zog mir die Sandalen aus.

Der scharfe Dolch blitzt' in der Rechten.

Bald war ich an der Wölbung angelangt,

Wo mir mein Geldschrank gut geborgen steht.

Es tönte dort gedämpftes Stimmgewirr.

Ich schlich heran und spähte um die Ecke:

Der Geldschrank war erbrochen,

Sein Inneres lag frei.

Und Drusus, Africus und Amper,

der mit dem schiefen Blick,

Sie wühlten gierig drin herum.

Da warf ich flugs – dank der Idee! -

Die schwere Türe des Gewölbes zu

Und schob den sich'ren Riegel vor.

Ich eilte vor mein schönes Haus

Und rief nach Hilfe und nach Polizei.

Die Häscher kamen bald herbeigelaufen

Und führten ab die jämmerlichen Lumpen.

Heut wurden vor den Mauern sie gerichtet!

Distel:

Wie kommt's, daß Sklaven solche Taten wagen?

Snuffius:

Vielleicht ist man zu gut zu ihnen.

Notus:

Seit jeher herrscht das Schlechte in der Welt.

Synemone:

Trotz allem bleibt die Güte schön und edel.

Auch richtet man mit ihr am meisten aus,

Wenn man sie klug zur rechten Zeit gebraucht.

Cassius (zu Cassandra):

Das Lob der Güte lässt ja für uns hoffen!

Cassandra (zu Cassius):

Hast du das Schriftstück vorbereitet?

Cassius (zu Cassandra):

Gewiss, doch ist es noch zu früh dafür!

Synemone (zu Cassius und Cassandra):

Nun, was ist los mit euch,

Was gibt es so geheim zu reden?

Cassandra:

Ach nichts!

Cassius:

Wir kommen später noch darauf zurück!

Julius:

Wie fühlt ihr, Aster-Effra euch?

Aster-Effra:

Mir schmeckt es ausgezeichnet,

Den Göttern selbst wär' dieses Gastmahl würdig!

(Auch die anderen Gäste äußern ihren Beifall)

Julius:

Ihr seid ja weitgereiste Leute,

Erzählt uns doch von Essenssitten,

Wie ihr bei andren Völkern sie getroffen!

Germanicus:

Es war vor sieben Jahren,

Als ich in England einen Sommer war.

Der König Runkel lud mich ein,

An seiner Tafel teilzunehmen.

In hoher, holzgebauter Halle

Saß seiner Krieger wilde Schar.

Die Ochsen briet man ganz am Spieß,

Auch Schweine wurden ganz gekocht.

Den Kohl bracht man in heilen Köpfen,

Nicht fein zerteilt in Blätterstückchen,

Und Apfelmus gab man zu Bohnen.

Der König aß den Schweinekopf

Alleine auf und rühmte sich

Des nimmersatten Magens.

Zahllose Hörner kühlen Biers

Trank man dazu in durst'gen Zügen.

Vom Alkohol berauscht, begannen sie

Zum Schluss gar fürchterlich zu raufen.

Der König hatte seinen Spaß daran.

Er lachte laut als strömend floss das Blut.

Synemone:

Habt ihr nicht fürchten müssen,

Von diesen Kerlen umgebracht zu werden?

Germanicus:

Die Gastfreundschaft wird heilig dort gehalten,

Nur die vom selben Stamm verprügeln sich.

Julius:

Doch jetzt mag Aster-Effra uns

Von seinen Reisen Kunde tun!

Aster-Effra:

Auf einer Forschungsreise nach dem Osten

Nahm ich einst teil am Hochzeitsschmause

Des Kahnes der Mongolen.

Es war sehr feierlich im weitgespannten Zelt.

Schnarrpfeifen spielten auf und Pauken;

Ein Xylophon und eigenart'ge Fiedeln.

Man saß gekniet auf Seidenkissen

Und aß mit leichten dünnen Stäbchen.

Zu Anfang gab es Tee mit Butter,

Drauf Regenwurmsalat garniert mit Schnecken.

Das rohe Pferdefleisch als Hauptgericht

War unter'm Sattel weichgeritten.

Als Leckerbissen lockten Schwalbennester,

Im eig'nen Safte weich gedünstet.

Dazu trank man gegor'ne Stutenmilch

Und Rauschgetränke schärfster Art,

Die man aus Reis gewinnt.

Zum Abschluss dann, des Festes Krone,

Gab es, soviel man wollte, schwarze Eier,

Die jahrelang im Mist gefault.

Der Duft beim Öffnen . . .

Distel:

Hört auf, mir wird ja schlecht!

Cassandra:

Ein faules Ei zu essen, fürchterlich!

Aster-Effra:

Das sage nicht,

Wenn du noch nicht davon gekostet!

Synemone:

Ich brächt' es trotzdem niemals über diese Lippen!

Aster-Effra:

Ist Käse etwa feiner?

Verfaultes Ei, verfaulte Milch,

Wo ist der Unterschied?

Julius:

O, bleibt nur friedlich, liebe Gäste

Und streitet nicht um faule Eier

Solang die Küche bessres bietet!

Auf, Sklaven, bringt die nächsten Schüsseln!

(Der Vorhang fällt)

3. BILD
Beim Gelage

1. Auftritt
(Die Vorigen, Sklaven)

Julius:

Es glänzt, gesäubert nach dem Mahl,

In sanftem Licht der Speisesaal.

Vom Rosenwasser duftend rein,

Reckt sich die Hand schon nach dem Wein

Doch eh der Durst uns noch betört

Sei Bacchus dieser Schluck gewährt!

(Er gießt etwas Wein auf den Boden)

Ich trinke nun auf euer Wohl

Und geb' den Kelch dann in der Runde weiter.

Auf langes, frohes Erdenleben meiner Freunde

Erheb ich dich, du goldne Pracht
Und las die süßen Tropfen in mich rinnen!
(Er reicht das Gefäß weiter)

Synemone:
Nun neige ich die perlbesetzte Schale,
Ein altes Erbstück der Familie
Und trinke viel vom Inhalt aus,
Indem ich wünsche, dass die Tugend
Mehr Achtung findet bei der Jugend.

Snuffius:
Jetzt blinkt auch mir die Flut entgegen
Und ist bereit geschlürft zu werden.
Ich wünsche, dass die nächsten Wahlen
Ein wenig bess're Senatoren bringen!

Notus:
Ich wünsch', dass auf der Erde flacher Scheibe
Die Weisheit mehr gewürdigt werde,
Dass mehr Verstand in der Regierung herrscht!

Aster-Effra:
Dass man den Tempeln wieder Achtung zolle,
Statt nur an Zirkusspiel zu denken,
Dass man zum Opfer früh erscheine,
Statt träge sich im Bett zu wälzen,
Wünsch' ich mit diesem tiefen Schluck!

Distel:
Es ist für Menschen gar so traurig,

Dass sie ganz langsam aber sicher

doch immer älter werden

Und damit immer hässlicher.

So wünsche ich, dass eines Tages

Ein großer Geist das Mittel findet

Die ew'ge Jugend uns zu schenken!

Cassius:

Ich dank euch, Distel, für den Kelch

Und bitte Mithras und Astarte:

O, steht der jungen Liebe bei,

Und schützet sie vor Neidern –

Und Verwandten!

Synemone:

Wie sinnig, lieber Cassius!

Ob unsre Wünsche sich

wohl widersprechen?

Cassandra:

Auch ich will auf die Liebe trinken,

Die uns die Götter in das Herz gelegt.

Mit ihr wird für uns Erdbewohner

Das Leben doch erst lebenswert!

(Allgemeiner Beifall)

Germanicus:

Als letzter hab' ich nun den Rest zu trinken.

Ich hebe den Pokal: Des Kaisers Majestät!

(Alle stehen auf)

Und Sieg den neuen Legionen,

Die bald ins Feld wir führen werden!

Synemone:

Schon ist es wieder mal soweit,

Dass Kriegsgeschrei die ganze Welt erfüllt!

Distel:

Was alles in den Thermen heut man hörte!

Sag, wollt ihr die Germanen jetzt bewaffnen?

Germanicus:

Der Kaiser meinte heut im großen Rat,

Wir würden Söldner von den Deutschen brauchen,

Die uns voran, in erster Reihe

Die Ostgewalt bekämpfen helfen.

Ich sagte ihm, das sei gefährlich,

Das brächte Bruderkrieg für die Germanen.

Da musst' er herzlich lachen

Und schalt mich einen großen Toren:

Seit jeher sei es gute Politik,

Germanen mit Germanen zu bekriegen.

Cassandra:

Mir scheint verwerflich solche Politik,

Nur immer neuen Hass zu säen!

Aster-Effra:

Ich kann euch nur vorm Osten warnen,

Den ich auf meinen Reisen kennenlernte!

Mongolen, schlitzgeäugte Scharen

Sind eine große furchtbare Gefahr.

Die weißen Völker werden sie

Bald mordend angegriffen haben.

Dann heißt auch hier es Gleichheit,

Und Eigentum ist Diebstahl.

Und wer nicht schafft braucht nicht zu essen,

Wer aufbegehrt, der kommt ins Lager.

Ihr Kahn, er heißt der Stählerne,

Mit borst'gem Haar und kleinen Augen,

Sieht nicht sehr menschlich aus.

Sein Wille ist Befehl für die Millionen.

Zwar ist er alt, doch glaubet nicht,

Daß, wenn er stirbt, es anders wird.

Zu fest ist seiner Sippe Macht geschmiedet.

Julius:

Mit krummen Säbeln, Pfeil und Bogen

Seh ich sie in das Land schon dringen,

Wenn man die Staaten nicht zur Einheit bringt.

Notus:

O, liebe Heimatvölker, werdet einig!

Durch eigne Schuld noch werden wir vergehn,

Denn von Vernunft will niemand hören!

Germanicus:

Die Gallier und Germanen zu vereinen,

Hat uns der Kaiser dringend aufgetragen.

Wenn beide Länder uns Legionen stellten,

Wir wären jedem Angriff gut gewachsen.

Notus:

Wenn sie sich nur verständ'gen wollten!

Zwar sind Denauer und auch Mannius,

Die dort den größten Einfluss haben,

Zur Einigung bereit und ganz auf unsrer Seite,

Doch ist noch zuviel Hass

Vom altem Kampf zurückgeblieben.

Germanicus:

Sag, liebe Distel, was gab's in den Thermen?

Julius:

Da hört man jede Neuigkeit zuerst.

Distel:

O, was ich zu erzählen habe,

Sind wahrhaft fürchterliche Dinge!

Julius:

Lasst hören, wir sind sehr gespannt!

Snuffius:

Ich brenn darauf, es gleich zu wissen,

(für sich) Dass ich im Falle eines Falles

Mein Gold noch rasch vergraben kann.

Distel:

Ich ging heut frohgemut und guter Laune

In unseres Kaisers Marmorthermen,

Wo sich des Wassers warmer Strahl

In glatte Becken plätschernd gießt,

Wo schöne Sklaven reichlich salben

Und wo der vielgeplagte Mensch

Des Tages bittre Last vergessen soll.

Da stürzte sich des Kaisers Muhme Nubia

Auf mich und zog mich rasch beiseite.

'Das Unglück ist geschehn!' so raunte sie

Und rang verzweifelt ihre Hände.

'Die Gelben haben die geheime Waffe,

Mit der der Sieg gewiss uns war,

Nun auch erfunden, und – ja staunt –

Sie wenden an der Grenze sie schon an'.

Snuffius:

Das Ferngeschütz des Glaukus Mantus?

Cassius:

Mit Horchgerät und Ferngesicht versehen?

Distel:

Das war es, was sie meinte.

Snuffius:

Dann ist's wohl aus mit uns!

Germanicus:

O, glaubet den Gerüchten nicht,

Die in des Marktes Volksgewühl

Und in den Thermen sich entfalten!

Julius:

Am schlimmsten sind die alten Weiber

Wie Nubia, die immer lauschen

Und doch nur halbe Wahrheit wissen.

Aster-Effra:

Wie glücklich sind doch die Zikaden,

Sie haben Weibchen ohne Sprachorgan!

Distel:

Doch ihr habt eine böse Zunge!

Synemone:

Als ob es nicht die Männer waren,

Die alles Ungemach gebracht.

Wie glücklich wäre diese Welt,

Wenn Frauen sie beherrschen dürften!

Cassius:

Sie würden mit der Liebe wohl regieren

Und edle Duldung stets beweisen!

Synemone:

Willst keck mich necken und verspotten?

Mir scheint, du hast zu viel getrunken.

Ist es nicht schon die vierte Schale?

Julius:

Eheu, es freut mich aber mächtig,

Dass dir der Wein so mundet!

Snuffius:

Lasst ihn mich preisen mit den Versen,

Die ich mir kürzlich ausgedacht!

Julius:

Hebt an! – Wir möchten nur zu gern

Die leid'ge Politik vergessen!

Snuffius (mit einer Trinkschale):

Blutrote Trauben an ringelnden Reben,

Seh' ich euch reifen im sonnigen Licht.

Seid ihr zum Gipfel der Süße gelangt,

Presst euch die Kelter den göttlichen Saft

Aus taufrischen, prallvollen Hüllen.

In mächtigen Fässern gärt ihr zum Wein,

Um später mit Wasser und Würze gemischt,

Als schäumender Nektar genossen zu werden

Und uns zu bringen den seligen Rausch.

Viel leichter sieht man das Leben dann an,

Gott Bacchus empfängt uns in wonnigem Reich.

(Alle klatschen Beifall)

Synemone:

Ihr habt gar schön gesungen, Snuffius!

Wir Alten wissen doch des Weingott's Gaben

Viel mehr zu schätzen als das junge Volk!

Cassius:

Das junge Volk darf ja nur selten trinken!

Julius:

Heut magst du aus dem Mischkrug schöpfen

Soviel das Herz dir glücklich macht!

Notus:

Wozu auch sparen sorgenvoll,

Wenn doch der nächste Krieg

Uns alles wieder nimmt!

Snuffius:

Wer klug die Dinge eingefädelt,

Dem kann auch Krieg zum Reichtum helfen.

Mit Waffenhandel, Leder und Getreide

Sind schöne Gelder zu gewinnen.

Germanicus:

Wenn das der Geist der Heimat ist,

Dann wundert es mich nicht,

Dass wir mit fremden Söldnern nur

Den Limes mühsam halten können.

Aster-Effra:

Wir leben wie auf dem Vesuv,

Der jeder Zeit sich regen kann,

Um glüh'nde Lava auszuspeien!

Distel:

Mich sorgt die Frechheit unserer Sklaven.

Wenn aus dem Osten sie die Lehren

Von Gleichheit, Freiheit und so weiter

Erst einmal wirklich aufgenommen,

Dann müssen ihnen wir die Stiefel putzen!

Synemone:

Das werde ich nicht mehr erleben!

Drum soll mir nichts die Freude rauben,

Den Wein zu trinken und genießen.

Snuffius:

Wollt nicht auch ihr ein Weinlied singen?
Ihr wisst von früher sicher schöne Verse!

Synemone (sich zierend):

Ach lasst mich! –
Schon zuviel vom Syrakuser
Rann mir die Kehle doch hinunter!

(Alle bestürmen sie)

Nun gut, Ihr hört auf eigene Gefahr:
In goldener Schale blinkt an dich der Wein
Und lädt dich zum labenden Ausschlürfen ein.
Vorsichtig kostend beginnst du zu trinken,
Bald scheint dir von ferne her Bacchus zu winken.
Die Probe war gut, drum die nächste sogleich,
Und schon bist du näher dem bacchischen Reich.
So folgen denn bald bei dem richtigen Zecher
Der Napf auf die Schale, auf's Trinkhorn der Becher.
Scheint endlich die Umwelt im Nebel zu schwinden,
hörst du den Weingott dir flüsternd verkünden:
'Jetzt schwindet der Kummer, jetzt weichen die Sorgen,
Der Ärger von gestern, die Ängste vor morgen'.
Im Rausche erschließt sich ein schöneres Leben,
Nichts besseres konnte der Weingott uns geben.

(Sie trinkt aus und sinkt unter den Bravorufen der
Gäste erschöpft auf ihr Lager zurück)

Cassandra (leise zu Cassius):

Jetzt kannst du bald das Dokument ihr reichen,

Sie wird es unbesehen unterschreiben.

Cassius:

Ich hab' es sorglich vorbereitet.

Wenn sie den Anfang und das Ende liest,

Wird gar nichts sie bemerken.

Notus:

Das war ein wundervolles Lied! -

Ich muss zu guter Zeit es aufnotieren.

Cassius (den Betrunkenen spielend):

Ich fühl' mich schon in einer bess'ren Welt!

Synemone:

Dann komm zu mir, mein kecker Zecher,

Gewiss tauscht Aster gern den Platz.

Cassius:

Welch ungewohnte Ehre wird mir da zuteil!

Aster-Effra:

Dann setze ich mich zu Cassandra!

Julius:

Mein Notus, lasst uns ebenfalls die Plätze tauschen,

Dann könnt auch ihr einmal mit Distel plaudern!

Aster (zu Cassandra):

Du liebst doch die Musik und übst sie aus?

Da muß ich dir etwas erzählen,

Was ich in Indien einst erlebte.

Dort sah ich eine Schlangentänzerin.

Sie tanzt' um einen Korb voll Schlangen

Und spielte ihnen auf der Flöte vor.

Da irrte sie sich in der Melodie

Und griff statt F ein grelles Fis.

Schon war's um sie geschehn:

Zwei Schlangen glitten aus dem Korb.

Sie wanden sich um ihre Glieder

Und weideten im Bisse sich.

Noch hör ich diesen Todesschrei.

Die Schlangen konnten falsche Töne nicht ertragen!

Cassandra:

Entsetzlich Aster! – Doch wie gut,

Dass mir beim Flötenspiele

Nicht zuhör'n solch Reptile!

Distel (zu Notus):

Erzählt mir doch ein wenig von der hohen Schule!

Wie werdet ihr mit unserer ungestümen Jugend fertig?

Notus:

Ich suche sie in strenger Zucht zu halten,

Doch muss ich manchen Ärger auch erleben.

Distel:

Von einem Streich, den sie euch jüngst gespielt,

hat in den Thermen man berichtet.

Notus (sich auch an die anderen Gäste wendend):

Ein fürchterlich Erlebnis war's!

Jedweden Abend nach dem Schluss der Schule

holt eine Sänfte mich von dem Gebäude ab,

Und meine Sklaven Wanst und Locus

Gemächlich tragen mich nach Hause,

Wobei ich nach des Tages langer Müh'

Gewöhnlich etwas einzunicken pflege.

Nun denkt euch mein Entsetzen neulich abends,

Als beim Erwachen statt in meinem Vorhof

Ich in des Tibers Fluten mich befand.

Die Sänfte schwamm, als ich den Vorhang lupfte,

Grad an Cloaca Maxima vorbei.

So trieb ich fast bis Ostias Marmorhafen,

Bis mich die Polizei der Flut entriss!

Distel:

Welch graus'ger Streich!

Die Buben hatten sicherlich

Mit Wein die Sklaven fortgelockt?

Notus:

So war's, und als sie dann betrunken schnarchten,

Trug man die Sänfte fort zur Tiberinsel

Und ließ sie leise in die Fluten gleiten.

Synemone:

Warst, Cassius, du etwa auch beteiligt?

Cassius:

Wie könnt ihr solches von mir denken!

Es waren Schüler aus der andren Klasse.

Synemone:

Bei solchen Streichen hätt' ich nicht gefehlt!

(Ringsum beifälliges Gelächter)

Cassius:

Ich sehe schon der Kandelaber Flammen kreisen.

Die Polster wenden sich,

Das Zimmer dreht sich um und um...

Synemone:

Es geht mir selber nicht viel besser.

Doch sehe ich, daß du ein wackrer Zecher!

Bin ich auch sonst nicht ganz mit dir zufrieden,

Dies kann ich ruhig dir bezeugen!

Cassius:

O, tut es doch auf diesem Schriftstück,

Das ich schon lange bei mir trage!

Dann können meine Freunde nicht mehr sagen,

Dass ich ein Schoßkind und kein rechter Zecher sei.

Synemone:

Wenn du nichts weiter von mir willst,

Das tu ich gern, gib her den Wisch!

Cassius:

An dieser Stelle müsst ihr unterschreiben!

Synemone (versucht zu lesen):

'Hiermit bezeuge ich aus freiem Willen' –

Als ob mein Wille je nicht frei gewesen!

'Daß meines Sohnes Mündel Cassius ...

Mir dreht sich alles vor den Augen –

'Ein braver Jüngling und ein wackrer Zecher ...'

Ich habe doch zu viel gezecht!

Ich glaub', ich muss den Saal verlassen,

Den Gaumen mit der Pfauenfeder kitzeln!

(Sie erhebt sich)

Cassius:

Ihr wollt die Tafel schon verlassen?

Und eure Unterschrift?

Synemone:

Nachher im Atrium,

O, Hera ist mir übel!

(sie humpelt am Krückstock mit dem Schriftstück
hinaus)

Julius:

Da steht der Mischkrug noch in voller Pracht

Und birgt in sich, was uns so glücklich macht!

Füllt frisch die Becher, lasst Musik erschallen

Und rote Rosen von der Decke fallen!

(Der Vorhang fällt)

4. BILD

Im dämmrigen Atrium

1. Auftritt

(Rufius und Spartacus)

Rufius:

Hast an der Türe du gehört

Was Snuffius mit seinen Sklaven tat?

Spartacus:

Ich hört' es wohl und zittre noch

Vor Wut und Ingrimm über diesen Mord.

Rufius:

Drei von den unsren umzubringen,

Wo ihre Tat nicht mal gelang!

Spartacus:

Der Osten wird uns bald die Freiheit bringen,

Schon oft geheime Botschaft ist gekommen.

Rufius:

Ob wir dabei nicht nur die Herren wechseln?

Im Haus des Julius geht es uns ganz gut.

Spartacus:

Ich freue mich schon auf den Tag,

Wo wir aus seiner Haut uns Riemen schneiden.

Rufius:

Noch müssen wir Geduld und Vorsicht wahren!

Spartacus:

Zu ärgerlich, das Pech von Snuffius Sklaven,

Wo heut ich doch den Jadeschmuck

Der Synemone rauben wollte.

Rufius:

Den ganzen Schmuck mit einem Griff?

Das würd' ich schwerlich wagen.

Sein Leben kann man einmal nur verlieren!

Spartacus:

Ich lieb mein Leben ebenso wie du,

Doch könnte ich von dem Erlös der Klunker

Geheime Überfahrt zum Pontus mir erkaufen.

Rufius:

Ich find es besser, kleine Stücke

Bei passender Gelegenheit zu nehmen.

Erst gestern hab' ich einen alten Koffer

Der längst vergessen auf dem Speicher stand,

Mit gutem Vorteil auf dem Markt verkauft.

Spartacus:

So muss man sich im Kleinen rächen!

Bis einst der Tag der großen Rache kommt!

Rufius:

Da höre ich den Krückstock Synemones,

Schnell weg, bevor sie uns hier findet!

(Beide laufen davon)

2. Auftritt

(Synemone)

Synemone (vom Abtritt kommend):

Jetzt ist mir wieder etwas wohler.

Wenn nur der schlimme Fuß nicht wäre!
Für alle Tafelfreuden muss man teuer zahlen!
(Sie setzt sich)
Da ist ja noch vom Cassius der Wisch.
Was stand doch drin? – daß er ein guter Zecher sei? –
Lass sehn! – (Sie entfaltet das Blatt und liest)
Wie geht das weiter? –
Da seh' mir einer diesen Schlingel,
Betrügen wollte er die Synemone!
Soll ich darüber lachen?
Nein nein! – Der Cassius muss weg!
Er ist zu jung für die Cassandra.
Wenn er erst mal ein Mann geworden
Und sie bis dahin nicht vergessen,
Dann kann man weitersehn.
Er hat ein schönes Haus und Geldvermögen
Das muss in der Familie bleiben!
Indes, die Untat schreit nach Rache!

3. Auftritt

(Germanicus und Synemone)

Germanicus (ebenfalls vom Abtritt kommend):
Nun, Synemone, geht es besser?
Was gibt's? –

Ihr seht erhitzt und zornig aus!

Synemone:

O, General, ihr müsst mir helfen!

Der junge Cassius, dieser Schlingel,

Der wähnte mich bereits im Rausche

Und wollte eine Unterschrift erschleichen,

Dass er in nächster Zeit

Cassandra heim dürft' führen!

Dazu entwarf er listig diesen Text.

Lest selber!

Germanicus:

Nicht schlecht! –

Doch welche Unverschämtheit,

Euch also hintergeh'n zu wollen!

Synemone:

Der Cassius muss weg!

Ihr müsst mir beisteh'n!

Am besten wär's,

Er würde gleich Soldat!

Germanicus:

Ich könnte ihn ganz gut gebrauchen

In unsrer dreizehnten Legion.

Doch werden nur Freiwillige genommen.

Ich darf zum Eintritt ihn nicht zwingen!

Synemone:

Dann müssen wir ihn überlisten!

Germanicus:

Und ihn mit eignen Waffen schlagen!

Synemone:

So machen wir's!

Ich schreibe jetzt ein Dokument,

In dem er sich für die Legion verpflichtet

Und mach ihn glauben,

Dass es sein eignes Schriftstück sei,

das ich soeben unterschrieben

Und das er gegenzeichnen soll.

Zuvor bekommt er reichlich noch

Vom ungemischten Wein zu trinken!

Germanicus:

Er ist schon jetzt kaum noch der Sinne mächtig!

Synemone (schreibend):

'Verpflichte mich als Fahnenjunker

Ins Heer des Kaisers einzutreten,

Um mich der dreizehnten Legion zu stellen.

Dass ich ein guter Zecher bin und ehrenwert

Bezeugt mir' – Synemone.

So endet's wie sein eigner Wisch.

Er wird den Unterschied nicht merken.

Germanicus:

Das habt ihr trefflich ausgesonnen!

Ich werde morgen früh ihn holen lassen.

Synemone:

Sowie das Schriftstück unterschrieben,

Werd ich es heimlich an mich nehmen

Und euch geschwinde weiterreichen.

Germanicus:

Ich schick dann einen Meldegänger

In unser nächstes Standquartier,

Und morgen früh kommt man hierher,

Um den Verblüfften abzuholen.

(Der Vorhang fällt)

5. BILD

Im Speisesaal am frühen Morgen

1. Auftritt

(Julius und Cassius)

Julius (auf und abgehend):

Kein Anblick macht mir trübere Gedanken,

Als eine leere und verlass'ne Tafel

Nach lang durchwachter und durchzechter Nacht!

Die Ampeln flackern nur noch mühsam,

Ein säuerlicher Weingeruch durchzieht die Luft.

Vergessen steht der Mischkrug in der Ecke.

Aus umgestürztem Becher rinnt der Wein.

Verklungen ist der frohe Lärm der Zecher,
Die Flöte schweigt, die Saiten sind verstummt.
Da hat man sie, die vieldurchdachte
Vergänglichkeit der Erdenfreuden!
(Er denkt nach)
Dort liegt der wackre Cassius ja am Boden!
Mög' ihm der Wein nur gute Träume schenken!
Ich geh jetzt besser auch zur Ruh...
(Er bleibt an der Tür stehen)
Im Osten dämmert es bereits.
Aus der Kaserne tönt der erste Pfiff.
Nur noch drei Stunden bis zur Sitzung des Senats.
Der frische Morgenwind bringt mich zum frösteln.
Ich freu mich auf mein vorgewärmtes Lager!
(Julius geht hinaus. In der Ferne erklingt
Marschmusik. Es wird Tag. Cassius erwacht
während ihm die Sonne ins Gesicht scheint.)

2. Auftritt
(Cassius und Rufius)

Cassius (sich gähnend aufrichtend):
Verdammt, wie mir der Schädel brummt!
Ich glaub, es ist schon ziemlich spät,
Da muss ich heut die Schule schwänzen!

He, Rufius!

Was war das für ein böser Traum? –

Wo bleibt der Wicht? – He, Rufius!

Wie war's doch noch? – Ich trieb im Wasser.

Da kam ein großer Fisch geschwommen,

Mit Menschenhaupt, dem alten Notus gleich,

Der hat mich höhnisch angeredet:

'Du musst mehr lernen Cassius,

Dann kannst du bess're Briefe schreiben!'

Drauf ging ich langsam unter,

Und sein Gelächter tönt mir nach.

Rufius:

Was wünscht ihr, junger Herr?

Cassius:

Du sollst das Frühstück eilends bringen

Und rasch die Ausgehtoga plätten,

Die gelbe mit Mäandermuster mein ich!

Rufius:

Ich eile, junger Herr, ich eile!

(Er geht langsam ab)

Cassius:

Das hat ja gestern gut geklappt.

Was wird wohl Synemone sagen,

Wenn ich ihr unser Schriftstück unterbreite?

(Er sucht in seinem Gewand herum)

Cassandra hat es wohl genommen.

Rufius (mit einem Tablett):

Hier bring' ich Hering euch und saure Gurken!

Cassius:

Gib' her, das hab' ich nötig!

Rufius:

Die Ausgehtoga, denk' ich, wird nicht eilen!

Cassius:

Was soll das heißen, frecher Wicht?

Rufius:

Gemach, es wird nach euch gefragt.

Cassius:

Der Kerl wird immer unverschämter!

Er ist schon lang nicht mehr geprügelt worden!

(Es klopft hart an die Türe)

Cassius (erschrocken):

Klopft so das Schicksal an die Pforten? –

Kann man denn nie alleine sein,

Herein, wer draußen ist!

3. Auftritt

(Leander ,Cassius, Rufius)

Leander (mit einem Schriftstück):

Bist du der Cassius Scaevola?

Cassius:

Ja doch, was soll's, ich bin beschäftigt!

Leander (grinsend auf das Frühstück weisend):

Ich seh's, indessen hab ich den Befehl,

Zum Standquartier der dreizehnten Legion

Dich schnellstens zu geleiten.

Pack zusammen!

Cassius:

Bist du verrückt? – Dort ist die Tür!

Leander:

Mir scheint, du bist nicht recht im Bilde.

Seit heut gehörst du doch zur dreizehnten Legion.

Cassius:

Hinaus, wer so zu reden wagt!

Soll ich nach meinem Neger rufen,

Dass er das laus'ge Fell dir gerbt?

Leander:

Ich muss schon bitten, mäß'ge dich,

Es könnt' sonst schlimme Folgen haben!

Cassius:

Zum letzten Mal hinaus! – He, Sklaven,

Werft diesen Unverschämten vor die Tür,

Der hier Hausfriedensbruch begeht!

Leander:

Du hast doch selber dich verpflichtet!

Hier steht es schwarz auf weiß:

'Verpflichte mich, sofort als Fahnenjunker

Ins Heer des Kaisers einzutreten,

Und mich am ersten März …' –

Ist das nicht heute? –

'Der dreizehnten Legion zu stellen.'

Rufius (im Hintergrund):

Nun, braucht ihr noch die gelbe Toga?

Cassius:

Gib her, das kann nicht sein.

Niemals würd' ich dergleichen unterschreiben,

solang ich bei gesunden Sinnen bin.

Die eigne Unterschrift, wie ist das möglich?

Leander:

Ob möglich oder nicht, du gibst es zu?

Cassius (zögernd):

Ich muss es wohl...

O. heil'ge Götter, jetzt wird's klar,

Das ist der Synemone Rache!

Ich bitt' dich, lass ein wenig mich allein!

Leander:

Ich geb' dir eine kurze Frist zur Sammlung.

Doch warne ich vor jedem Fluchtversuch.

(Leander geht hinaus)

4. Auftritt

(Cassius)

Cassius:

Flucht? –

Ist's Warnung oder gutgemeinter Rat?

Ich könnte leicht hinaus mich schleichen

Und durch das Buschwerk und Gesträuch im Garten

Mir einen Weg zur hint'ren Pforte bahnen.

Dann stehe ich am Tiberufer,

Ein Boot trägt eilends mich davon …

Doch dann? – Unstet und flüchtig viele Jahre

Müsst ich in Einsamkeit mein Leben fristen.

Das Haus, die Heimat würde ich verlieren,

Ein Scaevola für ehrlos wär' befunden.

Und was soll aus Cassandra werden?

Nein, nein, ich kann nicht flüchten,

Dem Schicksal muss ich trotzen,

Dem Ruhm des Ahnherrn würdig mich erweisen!

So muss ich denn den bittren Kelch nun leeren,

Den ich mir selber eingeschenkt...

Der Schule wenigstens bin ich entronnen!

5. Auftritt

(Cassandra, Leander, Cassius)

Cassius: (nachdem Cassandra hereingestürzt ist, gefolgt von Leander):

O, Liebste, hast du schon vernommen,

Dass kläglich unser Plan gescheitert?

Wie tief ich in die Grube fiel,

Die Synemone zugedacht!

Cassandra:

Mich wollt' sie zur Vestalin machen,

Doch Vater Julius hat nur gelacht.

Er schickt ein Jahr mich nach Athen,

Damit ich mich im Griechisch bess're.

Cassius:

So werden wir uns lang nicht wiedersehn!

Cassandra:

Wirst du auch immer treu mir bleiben?

Leander:

Viel schöne Mädchen gibt's an Rhein und Donau.

Cassius:

Ich werde stets an dich nur denken!

Doch wirst auch du mich nicht vergessen?

Leander:

Die Griechen haben eine glatte Zunge

Und können leicht ein Mädchenherz betören.

Cassius:

Schweig still, was musst du davon reden,

Hast nicht genug der Sorgen du gebracht?

Cassandra:

Sei unbesorgt, mein Cassius,

Ich werde auf dich warten,

Und wenn es viele Jahre dauert!

Cassius:

Sprich nicht von vielen Jahren,

Im nächsten Jahr kehr' ich nach Rom zurück!

Cassandra:

Der Vater lässt dich grüßen und dir sagen,

Du solltest keine Sorgen haben.

Er musste eilends zum Senat

Und wird sich bei Germanicus für sich verwenden.

Leander:

Bei solcher Protektion bist du in Kürze

Gewiss schon Adjutant im Hauptquartier.

Doch nunmehr komm, es drängt die Zeit!

Cassius (zu Cassandra):

So leb' den wohl, geliebtes Leben

Bis wir zu bess'rer Stund uns wiederseh'n!

Cassandra:

Leb' wohl, ich geh' bevor die Tränen fließen...

(Sie eilt schluchzend hinaus)

6. Auftritt

(Leander, Cassius)

Cassius:

Nun ist das schöne Leben bald zu Ende!
Den Lärm der Waffen und Trompeten,
Den ich so oft verspottet habe,
Das Gellen der Befehle werd' ich hören
Und wie ein Sklav' gehorchen müssen.

Leander:

Was soll das Jammern, komm!
Ich führ' dich in ein sorgenfreies Leben,
Du brauchst nicht mehr zu denken, nur zu folgen,
Der ganze Tageslauf ist vorgeschrieben.

Cassius:

Das ist das schlimmste, was es gibt!
Weißt du denn gar nicht, was da Freiheit heißt?
Nie mehr allein sein, Teil des Haufens werden
Und nichts von schönen Dingen seh'n und hören!

Leander:

Zur neuen Heimat wird dir die Legion.
Bald werden wir an ferne Grenzen rücken;
Dann spürst du es, wie unnütz alles Schöne,
Wenn man ums nackte Leben kämpfen muss.
Du wirst ein warmes Bett und gutes Essen
Bald höher schätzen als die Künste.
Nun reiß dich los, wir müssen gehen!

Cassius:

Vergönn' mir einen letzten Abschiedsblick!
Noch immer kann ich es nicht fassen,

Dass ich vor Stunden noch an heitrer Tafel saß

Und des Erfolges meiner List so sicher war.

Leander:

Hör' auf von der Vergangenheit zu schwätzen!

Ein rasches Handeln ist mehr wert.

Cassius (hinausblickend):

Ach, wenn ich in den Garten schaue,

In dem als Knabe ich gespielt,

Wo ich Cassandra heimlich küsste.

Der alte Gärtner recht die Wege,

Das weiße Kätzchen schleicht herum,

Der bunte Pfau schlägt stolz

Sein wunderbares Federrad.

Leander (Cassius schüttelnd):

Wach' endlich auf aus deinen Träumen!

Ich sehe schon, wir werden Mühe haben.

Zu einem rechten Menschen dich zu machen.

Cassius (leidenschaftlich):

Was ist der rechte Mensch? – Seid ihr so sicher,

Daß ihr nicht einen falschen aus mir macht.

Die rasche Tat zerstört mehr als sie schafft.

Was von uns bleibt sind nur die Träume! (Beide ab)

7. Auftritt

(Spartacus und Rufius)

Spartacus:

Jetzt ist die Reih' an uns!

Rufius:

Der Alte ist heut im Senat

Und kehrt vor Mittag kaum zurück!

Spartacus:

Denn wo man Politik betreibt,

Da braucht man sehr viel Zeit.

Rufius:

Es ist die Pflicht der Senatoren,

Der Weltgeschichte Lauf zu bremsen,

Damit vor Fortschritt wir geschont.

Spartacus:

Sie sorgen nur, daß sich nichts ändert,

Doch das wird einmal anders werden!

Rufius:

Dem Cassius wurde übel mitgespielt!

Spartacus:

Ach was, dem ist ganz recht gescheh'n,

Jetzt geht's nicht mehr besser als wie uns.

Auf denn und zugelangt!

Rufius:

Ei, sind die Speisebetten weich,

So was ist nicht für unsereins.

Spartacus:

Und doch ist es für uns auch da,

Jetzt kommen wir zum Gastmahl und Gelage!

Rufius:

Du hast ja recht.

Spartacus:

Drum rangemacht!

Rufius:

Sie haben von den Kuchen nur genippt.

Reich mir die Erdbeertörtchen rüber!

Spartacus:

Nein, die nehm ich,

Ess' Du die Käsestangen dort!

Rufius:

Nein, mir gehör'n die Erdbeertörtchen,

Ich sagte es zuerst!

Spartacus:

Nein mir, ich hatte sie zuerst!

Rufius:

Komm her,

Und sei nicht albern!

Spartacus:

Nichts da, such' du dir etwas andres!

Rufius:

O ja, dort steht ein Krug voll Wein,

Ihn werd ich leeren!

Spartacus:

Den wollte ich mir grade nehmen!

Rufius:

Du Nimmersatt, nimm das und friss!

(Er wirft Spartacus die Käsestangen ins Gesicht)

Spartacus:

Was fällt dir ein, du Hundesohn!

Rufius:

Halt's Maul, die Alte wacht ja auf!

Spartacus:

Halt du dein Maul, gib her den Krug!

Rufius:

Gleich werf' ich dich mit andren Dingen!

Spartacus

(in geduckter Haltung auf Rufius zugehend):

So Freundchen, wag' es nur!

8. Auftritt

(Synemone, Spartacus und Rufius)

(Synemone kommt lautlos herein, bleibt
ruhig stehen und schaut den beiden zu)

Spartacus:

Gib her den Krug,
Dann kannst du besser schlagen!

Rufius:

Gib endlich mir die Erdbeertörtchen!

Spartacus:

Ich sage dir zum letzten Mal,

Gib mir den Weinkrug noch dazu!

Rufius:

O Schreck, da steht ...

Synemone (den Krückstock schwingend):

Hinaus, ihr Schufte, das setzt Prügel!

Könnt' ich euch doch noch selber schlagen!

(Rufius und Spartacus stürzen hinaus)

Wohin ich blicke Schlechtigkeit und Torheit!

Wie sieht die Welt da wohl

In neunzehnhundert Jahren aus!

– Ende –

Das Lied vom Mischkrug

1953

In der hochgewölbten Werkstatt
Ruht auf einem Efeupolster
Der Silen bei den Eroten,
Um als weiser alter Meister
Zu bedeuten und zu raten.
Auch zwei Satyrn sind dabei.
Heute gilt's, aus frischem Ton
Kunstreich ein Gefäß zu schaffen,
D'raus, gemischt mit kühlem Wasser
Und bestreut mit würz'gen Kräutern,
Man den süßen Wein kredenzt
Nach der heilig alten Regel.

Schon beginnt der Ton zu kreisen
Auf der schnell gedrehten Scheibe.
Schon streckt sich der rohe Klumpen.
„Machen wir's nicht fein und richtig?"
Fragen keck die kleinen Werker,
Mit den goldnen Flügeln schlagend.
Und Silenos wischt den Bart sich:
„Langsam", spricht er, gütig lächelnd,
„Formet mit Bedacht den Ton.
Wird er doch des Weins Gehäuse,
Den wir stets mit stiller Freude
und mit Maß genießen sollten!"

Schweigsame Geschäftigkeit
Folgt des Meisters ernsten Worten.
Aber einer von den Satyrn
Kann bald nicht mehr an sich halten:
„Mittagsstunde war's," so schwatzt er,
„Lag im Schilf und träumte müßig.
Neben mir ein Vöglein sang.

Plötzlich hör' ich's unweit platschen,
jauchzen und vergnüglich lachen.
Sachte heb' ich mich vom Lager,
Schleiche näher, teil' die Halme,
und entdecke eine süße …"

„Heda!" unterbricht der Alte,
Auf die kleinen Töpfer weisend,
„Hier gibt's nichts für euch zu hören!"
Artig senken sie die Köpfchen.
„Sehe ich am Silberwasser,"
fährt der Satyr eifrig fort,
„Eine süße, allerliebste
Wassernymphe sich ergötzen.
Du wirst mein, denk ich verlangend,
Schleiche näher mich heran.
Doch auf einmal muss ich niesen,
Und schon war sie weggerauscht."

Schadenfroh lacht da der Alte,
Und auch die Eroten kichern.
Nur der Satyr schweigt verdrießlich.
Weiter kreist die Töpferscheibe,
Bald zeigt sich des Mischkrugs
Großes glockengleiches Becken.
Sorglich fügen die Eroten
Noch die schön geschweifte Lippe
Und den Fuß, und Henkel an.
Jetzt erhebt der alte Meister,
Von den Satyrn unterstützt,
Langsam sich von seinem Polster.

Legt beschwörend beide Hände

Auf des Kruges weiten Rand,
Der noch feucht und formbar ist,
Und schon ist der Ton getrocknet.
Staunend sehen's die Eroten.
„Jetzt, Gesellen, ist's soweit,
Mischet hurtig eure Farben,
Spitzt die Griffel, nehmt die Pinsel,
Macht zum Malen euch bereit!"
Danach sinkt er wieder nieder
Auf das weiche Efeupolster,
Doch er setzt die Rede fort:

„Gleich dem Wein, den er umschließet
Soll der Mischkrug unser Freund sein
Und es mögen seine Bilder,
Uns belehren und gemahnen,
Wenn beim Fest wir aus ihm schöpfen.
Dunkel ist der Grund des Lebens.
Drum sei schwarz der Grund der Bilder,
Die in lichtem Rot erscheinen.
In der Welt sind Hell und dunkel,
Glück und Elend, Schmerz und Lust,
ebenso wie Tod und Leben
Stets im Gegenspiel begriffen,

Malt zuerst die lieben Kinder,
Wie die Lehrer sie erzieh'n.
Wie sie sich im Schreiben üben
Und das Leierspiel erlernen."
Darauf lächelt froh der Alte.
Die Eroten aber pinseln,
Angestrengt den Mund gespitzt.
„Bald entwächst das Kind der Schule",

Spricht der Alte weiter.
„Wettkampf im Gymnasium folgt
Kriegsdienst, und der Gang zum Kampf.
Malt, wie sie sich tapfer schlagen.

Weiter wächst der Mensch
Mädchen treten ihm zur Seite.
Malt die erste süße Liebe,
und das schöne Fest der Hochzeit.
Wieder folgen weitere Kinder,
Und die treuen Eltern altern.
Malt die neue Kinderschar,
Auf des Kruges zweiter Seite.
Alles fängt vorne an,
Und auf einer runden Wandung,
zeichnet sich's am allerbesten,
Weil das Runde ohne Ende."

Also sprach der alte Meister.
Und nicht lang nach seinen Worten
Ist die Malerei vollendet.
Eingefasst von glatten Streifen
Und den schönsten Ornamenten
„Zündet an die trocknen Scheite
Wartet bis sie krachend lodern,
Und legt immer wacker nach.
Schiebt das Werk dann in den Ofen.
Wie der Ton von Feuerhitze,
Sei des Trinkers Seele später
Auch vom süßen Wein durchglüht."

Und im Inneren des Ofens
Reift das Werk bald zur Vollendung.

Unterdessen sinkt der Meister,
Weil er müde von der Rede,
nieder auf das weiche Polster.
Er schläft ein, und die Eroten
Tanzen flügelschlagend um ihn
Voller Kunst und frohem Sinn,
Zu dem Takte eines Liedes,
Das ihm gute Träume schenke.
Und er träumt vom süßen Weine
Den er bald dem Krug entnimmt.

Da schweigt alles plötzlich still!
Aufrecht steht, die Hand gehoben
Zum Befehl, der alte Meister.
„Löscht das Feuer, macht es aus!
Wie der Rausch verfliegen möchte
Nach durchzechter langer Nacht.
Wenn der Krug dann abgekühlt,
Öffnet langsam ihr den Ofen
Und seht an den fert'gen Mischkrug
Fächelt mit den goldnen Flügeln
Andachtsvoll ihm weitere Kühlung.

„Nehmt ihn raus!“ der Meister weiter.
„Wischt ihm zart und gründlich
Von der Wandung ab den Ruß,
So wie morgens sich der Kater
auch verflücht'gen möge!“
Und mit einem Tigerfellstück
Reiben sie den Mischkrug sauber,
Der ersteht noch strahlend schöner
Als ein jeder hoffen konnte
Und voll meisterhafter Bilder

In der Werkstatt der Eroten.

In des Alten Auge aber
Stiehlt sich eine Freudenträne,
So ist er des Dankes voll
Über das Gelingen.
Die Eroten schweigen still
Über soviel Festlichkeit.
Und die beiden Satyrn glotzen
Traumverloren auf das Werk,
Sehen sie doch alles wieder
Was der alte Meister wollte,
Jugend, Kriegerzeit und Reife,
Alter und Entsagungsweisheit.

Schließlich aber spricht der Alte,
Scheu die Tränen wischend:
„Nun heraus aus unsrer Werkstatt,
Daß die Sonne er erblicke!
Und zum allerersten Male
Füllt mit bestem Wein ihn,
Ihm zur Weihe, uns zur Lust
Als der Arbeit reichem Lohn!"
Und sie tun es wie geheißen.
Tragen Krug und Wein und Würze
Jubilierend auf die Wiese.
Mühsam hinkend folgt der Meister.

„Geile schwarze Ziegenböcke,
Schmetterlinge, Vögel, Bienen,
Alles was da lustig fliegt
Und im kecken Sprung sich übt,
Sei uns herzlich eingeladen!

Auch die Eule nicht vergessen,
Ihrer Weisheit wegen.
Und ich würd' den Hering laden,
Der so wohl bekommt am Morgen
Nach durchzechter froher Nacht.
Doch er will im Wasser bleiben
Und lässt vielmals grüßen."

Bald dann lagern auf der Wiese
Alle Gäste rund im Kreise.
„Weiße Mäuse lad ich gleichfalls,
Diese kleinen Schattengeister,
Die wir oft im Rausche sehen!"
Da erklingt in weiter Runde
Frohes Klatschen und Gelächter.
„Doch ich glaub, nun ist's soweit,
Und der Trunk ist gut bereitet.
Seh' ich doch, beim Styx, schon einen
Von den Kellermeistern kosten
Und vernascht die Augen schließen!"

Wieder klingt in weiter Runde
Frohes Klatschen und Gelächter.
„Ich erhebe diese Schale!"
Und der Alte hebt sie,
Dass sie weithin blinkt.
„Auf das Wohl des neuen Kruges
Trink ich andachtsvoll und reichlich.
Möge er der Festversammlung
Und Versammlungen danach
Viele Schalen treulich füllen
Mit dem besten Wein der Erde
Und die besten Reden hören!"

Voller Andacht trinkt der Meister.
Alle zollen Beifall ihm.
Und die Böcke springen froh,
Hurtig eilen die Eroten
Mit den Kannen hin und her,
Aus dem neuen Mischkrug schöpfend,
Der sich nicht zu leeren scheint,
Immer neu die Schalen füllend.
Trunken liegen beide Satyrn
Auf dem Rasen ausgestreckt,
Über sich den blauen Himmel,
In der Hand die vollen Schalen.

Auch der Alte, übermannt
Von dem vielen Lustgefühl,
Hat sich still zurückgelehnt
An den Stamm der alten Weide
Mit der wohlgefüllten Schale.
Jetzt beginnt der Krug zu singen,
Was der Alte ihm gelehrt,
von der Jugendzeit und Reife
bis zur Weisheit hohen Alters.
Dazu tanzen die Eroten.

Oft noch wird vom Wein geschöpft
Für die frohe Festversammlung
Draußen auf der weiten Wiese,
Über sich den blauen Himmel,
Der mit kleinen Schäfchenwolken
Sich gemächlich überzieht.
Seht, die Schatten werden länger
Und die Winde wehen kühler,
Und dem bildgeschmückten Mischkrug

Spricht man immer seltner zu.
Beide Satyrn, schwer betrunken,
blicken seltsam stier zu Boden.

Und die Sonne sinkt. –
Da erhebt sich schwer der Alte
Wendet sich dem Baumstamm zu,
Und schlägt voll Behaglichkeit
D'ran sein Wasser ab.
Jetzt wird's leicht und licht ihm
Um den Leib und ums Gemüte.
Auch den Böcken und den Satyrn,
Vögeln, Schmetterlingen, Bienen,
Den Eroten und den Mäusen
Und der weisen Eule gleichfalls.

Da vom Boden selig lächelnd
Hebt der Meister sich empor
In die Lüfte zu den Wolken.
Einem Eros zu vergleichen
Und in einer großen Traube
Folgen nach die frohen Freunde.
Beide Satyrn Arm in Arm,
Schöne Lieder singend,
Bilden den Beschluss des Zuges,
Der dem Auge sich entzieht
Und im Abendlicht verschwindet
Zwischen hellen Schäfchenwolken.

Nur der Mischkrug bleibt zurück.
Einsam steht er auf der Erde.
Noch ist er voll süßem Würzwein
Und es spiegelt sich darin

Letzter blasser Tagesschimmer.
Unser Lied ist hier zu Ende,
Doch der Krug ist ja nicht leer.
Kommt herbei nun *meine* Freunde,
Füllt die Schalen, trinkt und lacht,
Lasst die schönen Künste leben
Und den wackren Dichterling,
der dies Lied geschrieben!

Gedichte

1943–1957

Mein erstes Gedicht

Die Glocke tönte, die Schule war aus.
Ich nahm meinen Ranzen, ging fröhlich nach Haus.
Und wie ich so gehe die Straße entlang,
Ein silbriges Glänzen ins Auge mir sprang.
Schnell eilt' ich hin und bück' mich zur Erd':
Ein Eisen des Hufes verlor hier ein Pferd.

—

Drei Epigramme

„Liebes Herzlein sag mir doch,
  Sag, wie lange schlägst du noch?"
„Brauchst um mich nicht Sorge tragen,
  Werd', solang du lebst, noch schlagen!"

Du siehst die Sanduhr rinnen
Und denkst, sie rinnt für dich.
Doch las dein eitles Sinnen,
Die Sanduhr rinnt für sich!

Im Nussbaum träumen die Nüsse
In stiller Vollmondnacht.
Doch diese Zeilen, wisse,
Wurden am Tag gemacht!

—

Der Fridolin

Einmal viel Geld verdienen,
Das lob ich mir!
Dies meinte auch der Fridolin.
Ein Schauspiel für die Schule
Hat der Primaner da geschrieben.
Viermal ein volles Haus – und Beifall!
Als er, von dem Erfolg bestärkt,
Ein Honorar erheben wollte,
Griff Lehrer Mager in die Kasse:
„Sagen wir fünfzig Mark,
Das wäre ein Prozent vom Reingewinn!"
Nicht schlecht für ein Theaterstück.
Was hättest du dir wohl
Vom schönen Lohn geleistet?
Ein gutes Buch? – Ein Nylonhemd?
Der Fridolin indessen,
Der ging ins Zoohaus Gittermann
Und kauft nach langem Hin und Her
Sich ein Kanarienvögelchen
Samt allem Zubehör.
Mitschüler kamen und sahen.
Sie konnten nur mitleidig lächeln.
Fridolin aber mit seinem Besitze ist selig.
Da trällert und knabbert und hüpft es
Den lieben langen Tag,
Flattert dem Fridolin gar auf den Finger.
Und wenn der Abend endlich kommt,
schläft er auf einem Bein ganz still,
Als kleiner gelber Federball …
Einmal viel Geld verdienen,
Das lob ich mir!

Vom Sommerball kehrt heim der Fridolin
In drückend schwüler Juninacht.
Sechs Gläser Bowle und ein Kuchenberg!
Die Stadt liegt still, die Gärten duften.
Geisblattgeschling, Jasmingestrüpp.
Ein düster Wäldchen, schwarzes Grün,
Tagsüber heitrer Park voll Rosen,
Mit Ruhebänken, Springfontäne.
Nur rasch hindurch und weiter!
Das Nonnengässchen und der Pfaffenplan,
Der Friedhof und das Leichenhaus –
Ha, hat es sich dort nicht gerührt?
Die Straße noch entlang und diese.
Dem Fridolin wird wunderlich:
Geisblattgeschling, Jasmingestrüpp,
Der dunkle Park – das Leichenhaus.
Es ist geschafft, der Schlüssel klirrt …
Vom Sommerball kehrt heim der Fridolin
In drückend schwüler Juninacht.

Der Fridolin sitzt still am Fenster,
Die milde Mailuft strömt herein.
Ihm ist so weh, ihm ist so froh,
Weiß nicht wieso.
Der Abend senkt sich übers Land.
Auf einem Leitungsdraht ein Vöglein sitzt,
Das knickst und wippt und zwitschert hell
Ein Abendströphchen sich.
Bei Brendlers unten ist Besuch!
Ein fremdes Auto steht vorm Haus.
Was kümmert das den Fridolin.
Ihm ist so weh, ihm ist so froh
Und weiß noch immer nicht wieso.

Im Hause gegenüber öffnet sich die Tür,
Ein grauer Mann und eine grüne Dame.
Familie Döge macht die Abendrunde!
Die Großen gehen vorneweg .
Die beiden Töchter hinterher.
'Sieh an', sagt sich der Fridolin,
'Der Nussbaum blüht ja schon,
Wenn nur kein Frost kommt
Wie im vor'gen Jahr!'
Dann gibt er den Gedanken auf
Und sinkt in seinen Stuhl zurück.
Ihm ist so weh, ihm ist so froh,
Verliebt, das ist er sowieso.

—

Darf's noch was sein?

Gell kreischt die Knochensäge
Hinten in der Metzgerei.
Gell kreischt sie hin und wider.
Da kreischt sie wieder – Weh!
Das war des Metzgers Zeigefinger.
Und wie das blutet!
Mit Grausen wendet sich der Lehrling ab,
Der Metzger tritt im Schmerz
Von einem Bein aufs andre.
Das Rad der Säge weiterrast,
Leer weiterrast …
Die Metzgerin indessen
Bedient ganz ruhig in Laden:
„Ja bitte schön, darf's noch was sein?

Ich danke sehr, auf Wiederseh'n!"
Und morgen wieder kreischt es wieder.
Grell kreischt die Knochensäge
Hinten in der Metzgerei.

Zahnersatz

Hatte einst so schöne Zähne,
Sind nun alle fort.
Zahnarzt hat sie ausgezogen,
Hat so weh getan.

Dort im Glase schwimmt dafür,
Was so viel gekostet hat:
Meine neuen weißen Zähne
Mit dem neuen roten Fleisch.

Schlüpfrig sind sie und so kalt.
Wie sie lutschen, wie sie flutschen,
Wie sie blecken, wie sie schrecken,
Unverseh'ns zusammenschnappen.

Nun, wie alles enden muss,
Endet einst auch diese Qual.
Doch, wenn ich im Grab vergehe,
Das Gebiss wird nie zu Erde!

Betrachtung

Dies Kälbchen auf der Wiese
Scheint mir nicht eines nur.

Das Fräulein fistelt: „Ach, wie süß!",
Der Lehrer spricht: „Ein Horntier,
Aus der Familie Paarhuf."
Der Bauer sinnt indessen,
was er wohl jetzt verdiene,
Wenn er's zum Metzger bringt.
So geht es fort und immer weiter,
Man sieht mal dies,
Man sieht mal das mal das.
Das Kälbchen schließlich selber sieht
Nur seinen grünen Fraß.

Das treue Hündchen

In einem Hügel klein und kahl
Ein frisches Holzkreuz stak,
Um Mitternacht ein Hündchen kam
Und hat daran gegraben.

Bald sah's, daß es vergeblich war
Und heult zum Mond hinauf.
Dann hat's das Schwänzchen eingezogen
Und sich davon gemacht.

Kein' Freude hat das Hündchen mehr,
Seit ihm sein Herr gestorben.
Zweimal noch war's beim Kreuzchen,
Dann war es selber tot.

Das Vesperglöckchen

Der Abend naht, der Abend naht.
Das Vesperglöckchen läutet.
Hoch auf dem Dach des Gotteshauses
Lauert ein schwarzer Kater:
'Kommt nur herbei!' so denkt er,
'Betet und singet fromme Lieder.
Sucht eure Seelen nur zu retten,
bleibt doch der Sünden voll.
Kommt nur herbei! – Ich komme nicht,
Ich hab' ja keine Seele!'
Der Abend naht, der Abend naht.
Das Vesperglöckchen läutet.

Bedenk es wohl!

Es war ein Garten in fernem Land,
So heimlich, still und unbekannt.
Und in dem Garten glühte
Eine blutrote Rosenblüte.

Die barg als einen bösen Scherz
Wohl eine Perle in ihrem Herz.
Drin war verschlossen fest und gut
Ein bittres Tröpflein Hexenblut.

Daß in dem Kern der schönsten Dinge
Sich oft ein böser Keim verbringe,
Bedenk es ganz besonders wohl,
Entdeckst du etwas Schönes hohl.

Schulausflug

Dem Autobus entquillt die Schülerschar
Vor Schlösschen Monrepos.
Benzingeruch, Papiergeknüll.
Sie lärmen, necken, lecken,
Nur einer wandelt still beiseite,
Betrachtet an der Rückfront des Gebäudes
Die beiden stummen Marmorlöwen;
Betrachtet sie gedankenvoll
Und pellt dabei ein Ei.

Diskretion

Auf diplomatischem Parkett,
Vor leerem Fürstenthrone,
Ein herrenloser Kratzfuß lag.
Der Diener sah's
Und schafft ihn still beiseite,
Fort in die Abfalltonne.

Zwei Augen

Nicht menschlich sind sie.
Schauen lang und tief.
Ein Finger deutet:
Ich kenn dich,
Ich kenne dich, komm mit!

—

Eikones

Zwischen hohen blauen Bäumen,
Die sich leis' im Winde wiegen,
Glänzt das Licht des Mondes nieder
Auf verschwieg'nen Waldesgrund.
Dort, zu Füßen eines Felsens,
Dem ein Silberquell entspringt,
Strählt ihr Haar sich eine Nymphe,
Nackt und köstlich jugendschön.
Seitlich späht durch einen Busch
Voller Lust ein alter Faun,
Weil er etwas sehen kann,
Was er eigentlich nicht darf.

Dies Bild ist oval gerahmt,
Und es kostet zehn Mark mehr,
Denn das Glas ist ohne Schlieren
Und das Bild ganz wunderbar.
Purpurfarbig steigt die Sonne,
Zarte Nebel wallen auf,
Goldgeflimmer überm See.
Eine Marmorsäule spiegelt
Sich zerfließend in der Flut.
An der Treppe plätschern Wellen,
Wiegen einen leeren Kahn.
Drüben, auf dem andren Ufer,
Vor erblühten Fliederbüschen,
Sieht man eine Göttin ragen,
Die ein Füllhorn lächelnd hält.
Langsam zieht ein Schwan vorüber.
Stolz hat er den Hals gebogen,
Denn die Göttin liebt den Schönen,

Und der ganze See ist sein

Dieses Bild, das hätt' ich gern,
Lieber als den Hirten dort,
Der auf einen Stock sich stützt
Und so fromm zum Himmel blickt.
Eine Dame stellt es dar,
Die von hinten man erblickt,
Lockend bloß und wohlgeformt,
Mit dem Spiegel in der Hand.
Und das Bett, auf dem sie ruht,
Ist mit grünem Samt bespannt.
Aus der Vase quellen Rosen,
andre welken auf den Kissen.
Ein gar netter blonder Engel
Trägt den Salbennapf herbei.
Ihr zu Füßen träumt ein Hündchen,
Rund vom vielen Zuckerwerk.
Doch was wird das Bildnis kosten?
Nach dem Preise fragt ich nicht.
Denn er könnte mich erschrecken,
Und der Kunstgenus wär' hin.

———

Orientalisch

Ein Liebespärchen aus dem Volke
Hat sich beim Abschied ausgemacht,
Bei jedem Neumond wach zu liegen,
Des andren zu gedenken.
Nun kam es aber so:

Sie meinte, Neumond sei der volle Mond;
Er wußte von der Schule wie es richtig.
Und so gedacht' sie sein, wenn er beim Weine saß,
Und er gedachte ihr, wenn sie schon lange schlief.

Ich wollt', ich wär' ein Schneekristall
Und schwebte leise zu ihr nieder,
Um zärtlich küssend endlich
Auf ihrer Nasenspitze zu vergeh'n.

Menschen wimmeln im Bazar,
Händler preisen die Waren.
„Kauft süßen, süßen Türkenhonig!"
Ruft es verführerisch.
„Gib mir für einen Silberling!"
Da trifft von unten mich ein Blick
Wie süßer, süßer Türkenhonig.

Sie spricht: „Ach wär' ich doch ein blanker See!"
Er raunt: „Und ich der Schwan darauf."
„Ich wollt ich wäre eine Flöte!"
„Und ich des Spielmanns Hauch!"
Sie sagt's zu ihm, er sagt's zu ihr,
Da küssen sie sich, lang und innig.

Ich kann euch eine Diebin nennen,
Die stiehlt am hellsten Tag.
Doch keiner darf sie fassen, jene,
Weil sie nur Herzen stiehlt.

—

Blumen eines Jahres nach Bildern von Ingrid Siedentopf

Frühling

Schneeglöckchen

Abgestorb'ne Halme starren in ein kaltes Grau,
Ragen über dick beschneite, dunkle Blöcke hin.
Sarkophagen gleichen diese, und es mahnt der Tod.
Doch von unten treibt es lebend, weiße Glöckchen blüh'n
Lebenshoffnung, Frühlingsahnen, leise uns erfasst,
Und schon lichtet sich der ernste, dunkle Hintegrund.

Narzissen

Zeigten sich die ersten Blüten noch in kühlem Weiß,
Bunte Sorten, hoch und prächtig, stehen hier im Kreis.
Spiegeln sich im klaren Wasser, recht narzissenhaft.
Wie sie leuchten, wie sie duften! Spotten Schnee und Eis.
Liebe warme Frühlingssonne, Dir sei Lob und Preis!
Kommt hervor aus euren Zimmern, pflückt euch
einen Strauß!

Apfelblüten

Wand'rers Blick schweift in die Weite, auf tut sich der
Raum,
Zeigt auf einer weiten Wiese einen kleinen Baum,
Zeigt ein junges Apfelbäumchen in der Blüten Pracht.
„Kann noch keine Früchte tragen, prangt mit eitlem
Schaum!"
Raunt es in den alten Bäumen an der Wiese Saum.
„Uns betrachtet, wir sind Meister, nicht nur Augen-
schmaus!"

Sommer

Rosen
Mit den Rosen kommt der Sommer. Seht die stolzen Drei.
Schau'n dich an und fragen, wer wohl schöner sei,
Wer so köstlich duftet ringsumher im Land.
Keine Blume ist vergleichbar, drum bin ich so frei,
Schenke sie der liebsten Freundin alle nach der Reih.
Heute sei's die voll Erblühte, sei's ein voller Schwur!

Ringelblumen
Keckes Volk der Ringelblumen, euch verschenk' ich nicht,
Hab' euch auch nicht angepflanzet, dreiste bunte Wicht'!
Heimlich seid ihr eingedrungen, stammt von Nebenan.
Sucht euch stets die besten Plätze, blühet dicht an dicht.
Wenn Ihr auch nicht vornehm seid,
Freuen mich doch eure Farben.

Sonnenblumen
Nebensonnen, Gegensonnen leuchten hier im Strauß,
Machen hell mit ihrem Glanze unser ganzes Haus.
Doch sie sind nicht stolz die Schönen,
blüh'n nicht nur zur Zier:
Fallen ihre goldnen Strahlen, ist's noch lang nicht aus.
Bleibt zurück das Kerngehäuse, läd uns ein zum Schmaus.

Herbst

Dahlien
Welches Leuchten, welches Glühen! Ist's ein Feuerwerk?

Flammenräder, Loderzungen ich bestaune euch.
Doch es sind nur Gartenblumen, brennen nur im Auge.
Letzter Gruß der Sommersonne, die schon hinterm
Berg;
Sendet ihn zum Trost herüber, daß ich stärke mich
daran
Für die langen kühlen Nächte, für den rauhen Herbst.

Astern
Kleine lila Blütensterne blicken aus dem Dunst
Sind nur noch ein schwaches Ahnen starker Lebens-
brunst.
Doch in ihren kleinen Herzen glüht es immer noch.
Seid gegrüßt, ihr späten Boten und gewährt die Gunst,
Zur Erinn'rung an den Sommer und die edle Garten-
kunst
Einen letzten Strauß zu pflücken.

Bunte Blätter
Aus der goldnen Garbe leuchten Beeren weiß und rot.
Frohe Farben, bunte Blätter. Mahnen an den Tod.
Blütenschönheit ist verblichen, doch es bleibt die
Frucht.
Abgeerntet sind die Felder: Danket alle Gott!
Danket für den Erntesegen, denn kein Hunger droht.
Vollgeschüttet sind die Speicher, und der Wein wird
gut.

Winter

Silhouetten
Winternacht in meinem Garten, ist so kalt und klar.

Von den Bäumen nur die Schatten tun dem Blick sich dar.
Durch die Büsche tief am Boden schleicht ein Nebel-streif.
Hoch am Himmel Sternenblumen schimmern wun-derbar.
Sternenblumen, Eiskristalle … Wird es jemals wahr,
Daß in meinem öden Garten wieder Rosen blüh'n?

Mistelbusch
Rotkehlchen so sehnsuchtsvoll hoch zum Kasten schaut.
Muß sich lange noch gedulden bis das Nest gebaut.
Welche Kälte, welches Darben! Ist's nicht hoffnungs-los?
Doch es findet immer Rettung, wer auf Gott vertraut.
Perlengleiche Mistelbeeren leuchten aus dem Kraut.
Mut gefaßt und froh geschmauset, es ist Weihnachts-zeit!

Winterjasmin
Rostig glüht am Horizonte Abendsonnenschein.
Immer noch liegt Schnee im Garten, wird noch lang so sein.
Schwarze Vögel streiten gierig um das karge Brot,
Und sie überseh'n die gelben Blütensternelein.
Sind wir auch in tiefster Not, friert's auch Stein und Bein
Immer gibt es kleine Freuden, ganz verloren sind wir nie!

—

Erzählungen

1951–1957

ERSTE VERSUCHE
1951–1953

Der erste Tanz

Ein wild kochender Glutball hatte sich endlich zu unserer Erde verkrustet. Salzige und süße Wasser, kahle Felsen, Steppen und Urwälder beherbergten bald Urgeschöpfe vielerlei Art: grausiges Gewürm, glotzende Fische, Luftsaurier mit weit ausgespannten ledernen Flügeln und Erdsaurier von gewaltiger Größe, die lange geschuppte Schwänze hinter sich herzogen. Und Gott sah alles an, was er gemacht hatte, und siehe, es war sehr gut …

Wolken zogen am vollen Mond vorbei. Gerade war er verschwunden; da tauchte er wieder auf und wurde abermals verhüllt. So leuchtete er ungleichmäßig durch den Urwald. Nebel stiegen aus sumpfigem Grund. Laut zirpten Urgrillen, schaurig heulte ein Urwolf. Ein Saurier rülpste satt. Bald wuchtete er sich aus seiner wässrigen Schlafmulde. Es gurgelte und schmatzte. Brummend folgte ihm seine Frau, die gerne noch geruht hätte. Schritt für Schritt drangen er und sie durch das knackende Unterholz. Noch ein wenig vorwärts, dann ein paar Schritte rückwärts und weiter ein paar Schritte vorwärts. Wieder rückwärts – wieder vorwärts, und auf einmal, eins, zwei, drei, eins, zwei, drei, drehten sich die Ungeheuer auf freien Feld grunzend im Kreise. Sie hielten einander umschlungen und starrten sich begeistert an aus glühenden Augen. Die gewaltigen Schwänze wirbelten Erdklumpen und Schlamm auf. Einige Urtiere in der Nähe waren wach geworden. Sie schauten den Beiden zu und sahen, wie sie im Tanz einander gewaltige Küsse auf den

Leib drückten.

Der Saurier tanzte noch oft mit seinem Weib, ja, sie tanzten so lange, bis sie nur noch kleine Eidechsen waren, den Menschen zur Warnung, denn auch sie erschienen schließlich auf der Erde und lernten tanzen.

—

Alarm

Bettdecke weg, Licht an, Pantoffel an. – Das waren die ersten unterbewussten Handlungen des Herrn, als er das schaurige, auf- und niedertönende Heulen des Alarms vernahm. Nun schnell die nahestehenden Koffer mit den Wertsachen ergriffen und hinunter in den schützenden Keller!

Die Griffe der Koffer quietschten und knarrten taktmäßig auf dem Weg zur Treppe. Aber Eile mit Weile! – Schon stampften und polterten sie, sich überschlagend, aufplatzend und einigen Inhalt verstreuend, die Treppe hinunter. Der Herr war oben hängen geblieben und hatte sie losgelassen. Unten, an der Haustür prallten sie zurück.

Der Herr hastete ihnen nach. Schnell raffte er die Schätze zusammen, die den ledernen Ungeheuern entquollen waren. Er drückte und presste hastig das Herumliegende in sie hinein. Nur in paar spröde Lackschuhe, Andenken an glücklichere Zeiten, musste draußen bleiben. Flüchtig küsste er sie und ließ sie zurück. Die Koffer hatten nun die Form von prallen Walzen.

Der Herr riss die Kellertüre auf. Da verlöschte das Licht, und es dröhnte ein furchtbarer Donnerschlag. Angst ergriff den Herrn und zitternd, Schrittschub für Schrittschub, stieg er die Stufen in der Finsternis hinab. Auf ebenem Grund wandte er sich zur Seite.

Wieder dröhnte ein furchtbarer Donnerschlag und ein unerwarteter Luftzug warf den Herrn der Länge nach hin. Die Koffer hinter sich herziehend, kroch er weiter. Der Ortssinn verließ ihn. Aber es trieb ihn, seinen geliebten Körper und die Koffer in Sicherheit zu bringen.

Nochmals dröhnte ein furchtbarer Donnerschlag, und der Boden bebte. Der Herr kroch weiter. Plötzlich umfing ihn gähnende Leere. Es ging abermals in die Tiefe, er überschlug sich und stürzte in das kühle Vorratsgewölbe. Die Koffer schossen hinterher und über ihn weg. Holz brach und splitterte, Flaschen rollten, stießen an, und ein leises Gluckern verriet, dass sie ihren Inhalt nicht mehr halten konnten.

Der Herr wusste nun um sich. Er lag im Vorratsgewölbe, und die Koffer waren auf das Regal geprallt, in dem sein Wein lagerte, der letzte. Ein säuerlicher Geruch erfüllte die Luft. Nach einigem Suchen gelang es, ein Streichholz zu entzünden. Dies gab genügend Licht, um das Blutbad, das die Koffer geschlagen hatten, zu betrachten. Das Streichholz brannte schnell nieder und verglühte im Dunkel.

Da sprang das elektrische Licht auf einmal wieder an, und die Sirenen heulten Entwarnung.

Der Herr rappelte sich auf, und nachdem er jedem der Koffer einen Fußtritt gegeben, schleppte er sie in seine Wohnung zurück. Dort wühlte er sich ohne weitere Gedanken in das erkaltete Bettzeug.

——

Der fromme Skifahrer

Die Wolken eilten über verschneite Höhen. Kein Gras, kein

Busch, kein Baum ringsum, nur tiefer Schnee. Der Wind nahm hier etwas weg und blies es dort wieder an. Er bildete Wehen, tiefe kühle Wehen.

Niemand wohnte hier oben, aber eine Schar munterer Dohlen hatte sich eingefunden, zuzuschauen, wie einem Herrn aus dem milden Rheinland das Pech verfolgen sollte, ebenso schwarz wie ihr Gefieder.

Auf den neusten Brettern glitt dieser zünftig bekleidete Herr an den Rand eines weiten lockenden Hangs. Die Dohlen hörten wie er betete: „Lobe den Herrn, meine Seele und was in mir ist seinen heiligen Namen, und vergib uns unsere Sünden. Heilig, heilig, heilig ist der Herr der Heerscharen, die ganze Welt ist voll von seiner Herrlichkeit. In Ewigkeit, Amen!"

In frommer Verklärung blickte der Herr in die Höhe. Die Augen der Dohlen funkelten vor Vergnügen.

Und er fuhr los. – Erst ganz gemächlich. Doch die Geschwindigkeit der Fahrt steigerte sich, steigerte sich immer mehr. Hui! – Der Zugwind puffte die Mütze weg. Er starrte auf die Spitzen seiner Bretter, und die Knie begannen, ihm weich zu werden. Er schoss dahin. Schnee sprühte ihm ins Gesicht und blieb auf der Brille haften, sodass er nur noch verschwommen sah. Er konnte nicht mehr und ging in die Hocke. Ein schmerzender Riss am Gesäß. 'Die Stöcke!' gab ihm ein Schutzgeist ein. Mit ihnen könnte er bremsen. Sie würden ihn retten. Er rammte die Stöcke vor sich in den Grund. Ein hoher Luftsprung war die Folge. Dem anschließenden Aufprall hielt er nicht mehr stand. Er überschlug sich, heilige Kreuze schlagend, Brille und Stöcke verlierend. Die Augen zugekniffen, brauste er, den Schnee aufwühlend, bäuchlings weiter. Er bohrte die Arme wie zuvor die Stöcke in den Schnee und überschlug sich nochmals. Die Bretter zersplitterten, und der Tornister, nur noch an einem Träger hängend, geißelte ihn, platzte auf und verstreute seinen Inhalt. Der Herr fuhr mit dem Kopf in den Schnee. Nur sein Hinterteil in der zerrissenen Hose und die zappelnden Beine, an denen noch ein verstümmeltes Brett hing, schauten heraus.

Die Dohlen waren nachgeflogen und kreischten vor Vergnügen. Da kroch der Herr hervor und richtete sich umständlich auf. Wie ein Schneemann sah er aus, wie ein Schneemann, der schon etwas abgetaut ist. Aber er lebte und wischte sich den Schnee aus dem Angesicht.
Er schaute um sich. Aus der Höhe führte seine Spur heran. An einer Stelle setzte sie aus. Hier musste er geflogen sein. Sie setzte wieder ein als ein zerwühlter Graben, bestreut mit belegten Broten, der zerschellten Schnapsflasche und dem zersplitterten Holz seiner Bretter. Der Graben endete in einem Trichter, an dessen Rand er saß und betete: „Du sollst auch einen Räucheraltar machen zum Rauchwerk. Von Akazienholz sollst du ihn machen, eine Elle lang und eine Elle breit, viereckig, zwei Ellen hoch und seine Hörner an ihm. Amen!"

Gestärkt im Geist schleppte er sich fort, einen bergenden Ort zu suchen. Die Dohlen aber machten sich über die verstreuten Vorräte her und pickten und naschten, bis es anfing dunkel zu werden.

Am nächsten Morgen sah man auf dem weiten lockenden Hang keine Spuren mehr. Eine weiche, glitzernd weiße Decke war über das leidvolle Abenteuer gebreitet, und die Wolken und die Winde zogen darüber hin.

—

Widerspiegelung

Drüben, auf der anderen Seite der Straße, erhob sich ein mehrstöckiges Mietshaus. Wenn der alte Rentner zu ihm hinübersah, sprang ihm die Reihe der übereinander liegenden Klosettfensterchen ins Auge, vor allem das oberste, das etwa auf gleicher Höhe mit ihm lag.

Meistens war das Fensterchen geöffnet, entweder ganz, so dass man dahinter schwach, ganz schwach, eine Tür erkennen konnte, oder es war angelehnt. In geschlossenem Zustand nahm es sich flach und unscheinbar aus. Eine ergraute Spanngardine war hinter der Scheibe aufgespannt.

War der Rentner nicht ebenso ergraut?

Das Fensterchen hatte denselben geordneten Tagesablauf wie er. Einige Male wurde es energisch zugeschlagen, blieb eine bestimmte Zeit geschlossen und wurde dann wieder aufgerissen. Beseelte Augenblicke hatte es, wenn es draußen dunkel war, und auf der Straße kein Lärm mehr störte. Plötzlich sprang das Licht an hinter ihm. Es wurde zugeschlagen und die obere Partie eines Menschenschattens zeichnete sich auf der Gardine ab. Der Schatten sank langsam nach unten und tauchte endlich wieder empor. Aufgerissen wurde das Fenster, und es drang das Zischen und Röhren der Wasserspülung herüber. Das Licht verlöschte, die Tür schlug zu, und langsam beruhigte sich die Spülung, lispelte noch ein wenig und schwieg. So geschah es in der Dunkelheit, zweimal, dreimal. Manchmal versank der Schatten auf der Spanngardine auch nicht, sondern blieb unbewegt stehen.

Eines Tages bemerkte der Rentner vor dem Fensterchen eine große dunkelgrüne Flasche mit herausragendem, schief eingestecktem Korken. Daneben lag eine gestielte struppige

Bürste.

Zur selben Zeit bekam der Rentner Zahnweh. Wie der Spuk am Fenster waren auch bald seine Schmerzen vergangen.

Tage, Wochen, Monate zogen vorüber, ohne dass drüben und auch beim Rentner etwas besonderes geschah.

Endlich aber saß in einem Netz von Sprüngen, wie eine Spinne, ein rundes Loch in der Mitte der Scheibe. Man hatte wohl einen Schuss darauf abgegeben. Ob von außen her oder von innen, konnte der Rentner nicht feststellen. Kurz nach dieser Entdeckung aber geschah auch ihm etwas. Er stürzte in der Küche und der Arzt musste kommen. Nachdem er geheilt war, hatte man auch die Scheibe repariert.

Tage, Wochen, Monate vergingen, ohne dass drüben und auch beim Rentner etwas geschah.

Endlich aber geschah doch wieder etwas, diesmal aber etwas Abschließendes, Endgültiges. – Aus dem weit geöffneten Fensterchen blickte ein Kopf mit einer Mütze aus Zeitungspapier hervor, zog sich zurück, und der Fensterflügel wurde ausgehoben. Der Kopf mit der Mütze aus Zeitungspapier fuhr im Hintergrund hin und her. Wuchtige Hammerschläge schallten. Sie zerschmetterten den Fensterrahmen und brachen ihn heraus. Danach warf eine Kelle weiße breiige Masse um die Laibung, und Ziegelsteine wurden mit derselben breiigen Masse bestrichen und in der Öffnung nebeneinander und übereinander gefügt. Der Kopf mit der Mütze aus Zeitungspapier verschwand hinter dem sich schließenden Gefüge. Das Fenster war zugemauert.

Der Rentner saß nach diese Vorgängen in den Armen seines Lehnstuhls und war tot.

—

Der Heimkehrer

Da kommt er. An einem wolkenverhangenen Vormittag im Frühling ist er da. Wieder zurück aus dem Krieg. Wie ein Pendel schleppt er sich zwischen Krücken dahin. Sein Gesicht verzieht sich bei jedem Schritt. Das eine Hosenbein ist hochgeschlagen und mittels einer Sicherheitsnadel unter dem Stumpf festgesteckt. Er hat einen leeren Rucksack geschultert und trägt eine alte graugrüne Uniform ohne Abzeichen. Auf dem Kopf sitzt eine Soldatenmütze mit geknicktem Schild. Darunter blicken zwei eisgraue Augen durch die kreisrunden Gläser einer Ersatzbrille erwartungsvoll in die Ferne.

Schutthaufen säumen den Weg. An rauchgeschwärzten kulissenhaften Ruinen schleppt er sich vorüber. Leere Fensterhöhlen starren ihn an. Im Vorübergehen zählt er auf den noch erhaltenen Schildern die Nummern der Ruinen:

'50–58 – Nee, es war die 9o! – Also weiter. – Wo sind nur die Menschen, die hier gewohnt haben? – Ah, da kommt doch jemand!'

Ein kleines, dürftig gekleidetes Mädchen, kommt ihm mit einem Puppenwagen entgegen.

Als es bei ihm angelangt ist, fragt er: „Na, kleine Dame, wohin des Wegs?"

Er blickt in den schiefgedrückten Wagen, in dem eine schmutzige Puppe ohne Decke liegt. Sie hat einen kahlen Kopf und nur noch ein Bein.

„Was fährst du denn da für eine Schönheit spazieren?"
Die Puppenmutter beginnt zu weinen und rennt davon, bis ihr Wagen umfällt. Sie lässt ihn liegen und rennt weiter. Der Heimkehrer schüttelt den Kopf.
'Sie hatte wohl Angst vor mir, weil ich wie ihre Puppe aussehe!'

Weiter schleppt er sich dahin. - 'Was wird wohl von unserem Haus übriggeblieben sein? 86–88 – und hier endlich die Nummer 90!'

Es ist das Haus, in dem er mit seiner Frau zusammen gewohnt hatte, und es ist das einzige in der Straße, das noch ganz erhalten scheint, wenn auch grau und fleckig.

'Dort oben, sieh nur, die Fenster unserer Wohnung!'

Bei geschlossenem Mund zieht er den Unterkiefer zu einem verhaltenen Lächeln herunter.

'Mensch, zuhause! – Was wohl die Hilde sagt?'
Die Haustür lässt sich öffnen. Er schleppt sich hinein. Kein Mülleimer steht herum wie früher, kein Besen, kein Fahrrad. Das Treppenhaus ist das alte. Nur lässt sich kein Kindergeschrei hören, kein Essensgeruch wahrnehmen.

Er steht vor seiner Wohnungstür: *Fabisch,* sein Namensschild. Er drückt den Klingelknopf, aber es klingelt nicht. Er klopft. Niemand kommt.

'Was wohl die Hilde sagt?'

Es ist hell hinter der mattierten Glasfüllung der Tür. 'Da hat sie wieder die Küchentür nicht zugemacht!'

Blind vor Erwartungsfreude stößt er die Tür auf und schwingt sich hinein, hinein in eine lichte bodenlose Leere. Mit dem langgezogenen Schrei „Huäh!" stürzt er in eine andere Welt …

Das Haus war auch nur eine Kulisse.

—

FORTSCHRITTE
1954–1957

Der kleine Soldat

„Auf spricht der Fuchs zum Hasen, hörst du nicht den Jäger blasen?"

In der umhegten Dämmerung waren altbekannte, altvertraute Schritte zu vernehmen. Rasch wurde der Vorhang zurückgezogen, Fenster und Laden aufgetan, um Licht und Luft herein zu lassen. Ein strahlender Sommermorgen drang ins Zimmer. Einfache weißlackierte Möbel erglänzten. An den Wänden leuchteten bunte Laubsägefiguren.

Die Mutter trat an das Bett des kleinen Egon, und ihr Blick ruhte liebevoll auf ihm. Da schlug der Knabe die Augen auf. Er erkannte und fand sich und alles andere wieder. Ein neuer Tag war sein.

„Guten Morgen, mein Sohn: Hast du gut geschlafen!"

„O ja, und ich habe fein geträumt! – Fein geträumt hab' ich!" Ehe er von seinen Träumen erzählte, musste das Morgengebet gesprochen werden. Als das Gebet vorüber war, wurde die Bettdecke zurückgeworfen, und Egon stand auf.

„Ich habe geträumt, ich wäre unter den Soldaten, und wir sind marschiert und haben geschossen!"

Die Mutter knöpfte, nur mit halbem Ohr zuhörend, Egons Nachthemd auf und zog es ihm mit gemessenen Bewegungen aus. Teilnahmslos ließ er es geschehen. Er war noch ganz in seinen Traum vertieft.

„Bumm, krach, hat es gemacht, und ich immer vorneweg!" Getrost ging die Mutter zur Kommode, um die Wäsche für den heutigen Tag herauszusuchen.

Ihr nackter Sohn marschierte im Zimmer herum, die Mutter herfordernd ins Auge fassend. Plötzlich sang er: „Wer will unter die Soldaten, der muss haben ein Gewehr, der muss haben ein Gewehr. Das muss er mit Pulver laden und mit einer Kugel schwer."

„Nun lass dich waschen und anziehen", sagte die Mutter unbeeindruckt. „Großmutter wartet doch schon mit dem Frühstück!"

Nachdem Egon, von der Großmutter bewacht, seinen Haferbrei mit Zuckerkruste und Butterauge ausgelöffelt hatte, eilte er hinaus zu kommen.

Er stapfte die Treppe in den Garten hinunter. Auf dem Kopf saß ihm ein aus Zeitungspapier gefalteter Helm mit roter Feder, über der Schulter trug er einen dicken Stock und vom Hals herab hing eine bunte Blechtrommel. So marschierte er auf den Rasenplatz vor dem Haus und begann, seinen Traum nachzuspielen.

„Auf auf, Kameraden!" rief er, „Auf in den Kampf!"
Mit verkniffenem Mund rührte er die Trommel. Bald stellte er sie zur Seite, warf sich hin, legte mit dem dicken Stock an und machte 'Piff' und 'Paff'.

Vor den Stäben des Gartentores bewegte es sich, die Klinke quietschte, ein Torflügel tat sich auf, und herein schob sich eine dunkle Gestalt. Ein aus dem Krieg heimgekehrter Soldat, einbeinig, auf Krücken sich vorwärts bewegend.

Egon, nachdem er ihn gemustert hatte, marschierte ihm trommelnd auf dem Weg zum Haus voraus. Am Fuß der Treppe zum Eingang machte er halt und salutierte, während der Einbeinige sich hinaufbewegte. Oben betätigte er den Klingelknopf und wartete. Auf einmal sprach er. Egon erlauschte seine rau klingenden Worte und die Stimme der Mutter. Geldstücke klimperten in der Büchse, die der Mann ihr hinhielt.

Er kam wieder herunter. Besogt blickte die Mutter hinterher. Sie entdeckte ihren Sohn, sah wie er begann, dem ehemaligen Soldaten vorauszumarschieren, die Trommel rührend und ein Soldatenlied singend. So zogen sie dahin, auf das Gartentor zu.

„Halt!" rief die Mutter, und ein Grauen ergriff sie. „Egon, halt ein!"

„Das muss er mit Pulver laden und mit einer Kugel schwer ... "

„Nein!" Mit fliegenden Händen eilte die Mutter hinunter und ergriff ihren Sohn.

„Nein, nimmermehr!"

Während sie Egon den Helm, das Schießgewehr und die Trommel wegnahm, schloss sich das Gartentor hinter dem heimgekehrten Soldaten.

„Nein, nie mehr!"

„Warum?" frage Egon, und Tränen traten ihm in die Augen. Die Mutter schwieg, und Egon ging von ihr weg. Mut gesenktem Kopf strich er am Haus entlang, nicht mehr als ein kleiner Junge.

Oben öffnete sich ein Fenster und der Großvater rief: „Hallo, ich habe etwas für dich!"

Ein kleines weißes Päckchen fiel vor Egons Füße. Er hob es auf. In das Blatt eines Abreißkalenders eingewickelt fand er vier mit bunten Streuseln bedeckte Schokoladenplätzchen.

„Na, was sagt man?"

„Danke!" brachte Egon hervor, schob sich eines der Plätzchen in den Mund und ging sinnend und lutschend hinter das Haus.

Der Großvater, nachdem er verwundert etwas vor sich

hingemurmelt hatte, schüttelte den Kopf und schloss das Fenster.

—

Das Träumchen

Ein strahlender Julinachmittag. Konsul Appeldorn, damals schon ein älterer Herr, hatte sich nach Tisch in seinem Schaukelstuhl auf der Gartenterrasse niedergelassen, um im Schatten der Markise ein wenig zu ruhen. Er blickte in den blühenden Garten und schaukelte sanft, wobei es unter den Kufen leise knirschte. Seine Hände lagen ineinander gesteckt auf der Decke, die er zum Schutz gegen mögliche kühle Luftzüge über den Schoß gebreitet hatte. Die Augen schützte ein Schirm aus grünem Celluloid, der sein feines altes Gesicht zusätzlich überschattete. Hin und wieder schoben sich die Lider über die Augen, nicht weil das Licht dennoch blendete, sondern weil der Schlaf ihn schon erfasste. Die Lippen, über denen sich ein rostfarbenes Bärtchen befand, bewegten sich, als formten sie ein paar Worte. Bald schlossen sich die Augen gänzlich, und der Konsul begann in gleichmäßigem Wechsel den leicht vornübergeneigten Kopf beim Einatmen etwas zu heben und beim Ausatmen zu senken. Er schlief. Ringsum herrschten Ruhe und tiefer Frieden. – Als in der Ferne die Turmuhr schlug, war es dem Konsul, als spazierte er ohne Augenschirm im Garten nachdenklich auf und ab. Wie er so auf und ab ging, vernahm er eine helle Stimme. Aus seinen Gedanken gerissen, wandte er sich herum und sah, dass da ein hübsches junges Mädchen mit schwarzem Lockenhaar, glitzernden dunklen Augen und leuchtend roten Lippen am Zaun stand und ihm zulächelte.

„Was schöner Garten!" rief sie in gebrochener Sprache, und der Konsul schritt langsam auf sie zu.

„So schönen, schönen Blumen!" fuhr das Mädchen gedämpfter fort. „Die rote Nelken! – Nie habe ich so rote gesehen!"

Der Konsul erwiderte: „Darf ich ihnen ein Sträußchen pflücken, schönes Kind?"

„O nein, nicht ein ganz Sträußchen!" rief sie, und heftig schaukelten ihre silbernen Ohrringe.

„Aber eine einzige Blume müssen Sie annehmen!" Eilig begab sich der Konsul zum Nelkenbeet und pflückte eine der Blüten.

„Nehmen Sie sie, ich bitte schön!"

Mit schelmischem Lachen nahm das Mädchen die ihr zwischen Daumen und Zeigefinger über den Zaun gereichte Gabe.

„Schön Blum! – O, schön Blum! – Ich danke!" Sie roch an der Blüte, den Konsul mit ihren dunklen Augen anblitzend. Danach steckte sie sich die Blüte ins Haar und spitzte den Mund.
„Ein Küsschen bitte!"

„O!" flüsterte der Konsul und gab ihr vorsichtig einen Kuss.
Die Schöne enteilte mit lustigen Sprüngen und ließ den verwirrten Nelkenkavalier am Zaun zurück. Sie hatte sein Herz gestohlen …

Während der Konsul im Schlaf den etwas vornüber geneigten Kopf beim Einatmen hob und beim Ausatmen senkte, quietschte ganz leise die Gartentür, und ein hübsches junges Mädchen mit schwarzem Lockenhaar, glitzernden dunklen Augen und leuchtend roten Lippen kam herein. Sie schlich zum Konsul hin. Angestrengt hielt sie den Mund gespitzt, ungut blickten die Augen.

Sie näherte sich dem Schläfer und neigte sich über ihn. Sachte hob sie mit einer Hand den Kragen seines Jacke etwas an und schob die andere Hand suchend darunter. Ein federnder Rücksprung, und schnell enteilte sie.

Als in der Ferne wieder die Turmuhr schlug, erwachte der Konsul. Er lächelte vor sich hin und erinnerte sich an sein Träumchen mit dem hübschen jungen Märchen, das ihm sein Herz gestohlen hatte. Es war ein allerliebstes Erlebnis, ein richtiges Abenteuer, von dem niemandem Rechenschaft zu geben war.

Er schaukelte ein wenig, wobei es unter den Kufen des Stuhles leise knirschte. Zufriedenheit und ein stilles Glück erfüllten ihn.

So wollen wir ihn verlassen und nicht mehr sehen, wie sich seine träumerisch verhangenen Augen in jähem Entsetzen weiteten, als er feststellte, dass ihm während seines Schlafs nicht das Herz, sondern die Brieftasche gestohlen worden war.

——

Seid barmherzig

Am Rand einer ausgedehnten Wiese erhob sich eine schmutziggraue Mauer. An der Seite, unten, war eine verrostete Eisentür eingelassen, oben, in der Mitte, ein großes Fenster in Gestalt eines liegenden Rechtecks, verschlossen mit einer Milchglasscheibe.

Es war kurz nach dem Krieg, und einige Schritte vor der

Mauer gähnte ein Bombentrichter im Wiesengrün. Er war mit allerlei Gerümpel gefüllt.

Kein Mensch war weit und breit zu sehen, aber tönten da nicht klagende Hilferufe?

„Seid barmherzig, ja, seid barmherzig!" rief es mit matter Stimme.

Wo kam das Klagen her?

Es kam aus dem Bombentrichter und darin lag, wie ein Stück Abfall, ein Mann in zerschlissener Militärkleidung. Er war eingesunken zwischen einem auf der Seite liegenden halben Ohrenbackensessel und einem geborstenen Schrank. Der Mann hatte keine Arme mehr, nur noch ein Bein und ein Auge. Lang zogen sich seine Klagen hin, aber niemand schien darauf achtzugeben.

„Seid barmherzig, ja, seid barmherzig!"

Die verrostete Eisentür in der langen schmuziggrauen Mauer öffnete sich, und zwei weißuniformierte Männer mit einer Trage traten daraus hervor. Sie schritten auf den Bombentrichter zu, rutschten mit gleichmütigem Gesichtsausdruck durch das Gerümpel hinab und zogen den Klagenden hervor; zogen ihn nach oben und legten ihn auf die Trage. Sie trugen ihn zu der Eisentür. Diese schloss sich hinter ihnen, und die Klagen des Verstümmelten waren nicht mehr zu hören.

Jetzt wird ihm geholfen werden, jetzt wird es ihm gut gehen, jetzt ist er gerettet!

Als es dunkel geworden, leuchtete das große Milchglasfenster in der Mauer wie die Leinwand in einem Lichtspielhaus, und auf dem hellen Grund bewegte sich ein Schattenspiel:

Zwei Frauen mit Schwesternhäubchen – nur ihre oberen Partien waren zu sehen - gingen mit gemessenen Bewegungen einander entgegen, aneinander vorbei, hin und her und her und hin. Jede trug ein Tablett auf dem eine Flasche stand, gefüllt wohl mit stärkendem Getränk.

Das wird dem Armen aus dem Bombentrichter gut tun! – Das wird ihn aufbauen und heilen! – Gute hilfreiche Fachkräfte arbeiten jetzt für ihn!

Noch ein paar Tage herrschte der schöne Sonnenschein, und der milde Windzug hauchte über die Wiese.

Die rostige Eisentür öffnete sich wieder, und die weißuniformierten Männer kamen heraus, die Liege tragend, auf welcher der Mann aus dem Bombentrichter lag, noch genau so elend und verstümmelt wie zuvor. Er stieß wieder seine Klagerufe aus. Die Männer traten an den Rand des Bombentrichters, kippten die Liege zur Seite, und der Verstümmelte stürzte zwischen das Gerümpel.

„Seid barmherzig! Ja, seid barmherzig!" klagte er mit matter Stimme. Aber es half ihm niemand.

—

Sonntagsfreuden

Die junge Bauerntochter Minna saß an einem Sonntagvormittag zur Sommerszeit im rüttelnden und stampfenden Personenzug nach Millingen. Etwas gelangweilt schaute sie in die vorüberziehende Landschaft: Wiesen, Apfelbäume, vereinzelte Gehöfte, und wieder Wiesen, Apfelbäume, vereinzelte Gehöfte. Manchmal erblickte sie in der Fensterscheibe ihr Spiegelbild: ein rosiges Gesicht, blondes Haar, und blaue Augen. Sie trug ein schlichtes Dirndl. Auf dem Schoß hielt sie eine geräumige Tasche.

Den Bäckergesellen Georg, welchen sie auf einem Tanzfest in ihrem Dorf kennen gelernt hatte, wollte sie zum zweiten Mal besuchen.

Als der Zug in Millingen angekommen war, blickte sie rasch noch einmal hinaus. Sie erkannte das hochgelegene Schloss und den Turm der Georgskirche. Hinter einer Familie mit Rucksäcken stieg sie aus.

Da stand Georg. Ein großer kräftiger Bursche in einem hellen Anzug mit kurzer Jacke. Auch er hatte ein rosiges Gesicht, blondes Haar und blaue Augen. Beide waren nicht eigentlich schön, aber gewiss von strotzender Gesundheit. Minna reichte Georg schüchtern die Hand. Er nahm ihr die Tasche ab. Schweigend gingen sie die Hauptstraße hinunter. Minna rechts, Georg links. Die Sonne malte ihre Schatten auf das Pflaster. Nur wenige Passanten und Automobile waren unterwegs, es war ja Sonntag.

Minna blieb vor einem Uhrengeschäft stehen und bewunderte in der Auslage eine Kuckucksuhr.

„Gefällt sie dir?"

Minna fand sie sehr schön.

Sie überquerten den Marienplatz mit dem Marienbrunnen, auf dessen Rand ein Taubenpaar spazierte. Neben der Stadtapotheke, deren Rollläden heruntergelassen waren, bogen sie in die Bachgasse ein und waren an der Bäckerei angelangt, in der Georg arbeitete.

„Den hab' ich gemacht", sagte er und wies auf einen Turm aus Marzipan. „Er ist aber nur aus Gips."

Minna fand den Turm sehr schön.

Weiter gingen sie über den Kirchplatz. Gerade war der Gottesdienst zuende, und die Kirchgänger strömten mit ihren Gesangbüchern aus dem Gotteshaus. Orgelmusik tönte ihnen nach. Unter dem Spitzgiebel eines Hauses auf der anderen Seite des Platzes bewegte sich die Gardine.

Das junge Paar begab sich in den Stadtpark. Minna bewunderte die hohen Bäume, die gepflegten Wege und Blumenbeete. Sie kamen an einer Ruhebank vorüber. Auf ihr saß eine dürre alte Frau und strickte an einem Strumpf. Die Alte hatte eine hakenförmige Nase, böse Augen, und heftete ihren Blick auf die ihrer Wirkung unbewussten prallen Hinterbacken des Jünglings in der engen hellen Hose und auf die schmucken Waden des jungen Mädchens. Den Wohlgestalteten nachschauend, murmelte sie: „Schlachtreif!"

Die Beiden gelangten an einen Weiher. Dort setzten sie sich auf eine Ruhebank am Ufer.

'Es riecht so anheimelnd nach Wasser', dachte Minna und rückte näher an Georg heran. Manchmal blickte sie musternd auf seine starken Schenkel, und er blickte manchmal musternd auf ihre üppigen Brüste.

Schweigend saßen sie da, bis Minna um die Tasche bat. Sie zog ein Weißbrot hervor, brach es und reichte Georg die größere Hälfte. Aus einem Stück Zeitungspapier wickelte sie drei panierte Schnitzel. Zwei davon bekam er.

„Gut – zart!" sagte er, zufrieden kauend. Zu weiterer Erquickung reichte ihm Minna eine Flasche Bier. Sie selbst mochte kein Bier. Zum Schluss gab es für jeden einen Apfel.

Nachdem sie sich gestärkt hatten, führte Georg eine Mundharmonika an die Lippen, und spielte einen bekannten Gassenhauer. Minna lauschte und schaute ihm bewundernd zu. Nach einem zweiten Spiel legte sie die Hand auf seinen Schenkel, und nach dem dritten Spiel gab sie ihm hastig einen Kuss. Er erwiderte ihn ebenso hastig.

„Wo gehen wir jetzt hin?"

„Aufs Schloss hinauf, denke ich!"

Die Bürger von Millingen zogen am Sonntag gern aufs Schloss und in den Schlosswald, aber erst nach einem erholsamen Mittagsschlaf. Minna und Georg fanden es daher oben noch ruhig.

Durch ein düsteres, am Eingang von zwei halbrunden Türmen flankiertes Gewölbe gelangten sie auf einen freundlichen, leicht ansteigenden, gepflasterten Platz. In einem der alten, miteinander verbundenen Gebäude zur Rechten mit der ragenden Schlosskapelle, war eine Jugendherberge eingerichtet. Fahrräder lehnten davor.

Im Valentinsgärtchen weiter oben, mit dem von einem schmiedeeisernen Gehäuse mit Kuppeldach bekrönten Brunnen in der Mitte, ließen sie sich abermals auf einer Ruhebank nieder. Nach langem Schweigen begann Minna von daheim zu erzählen.

Hand in Hand schlenderten sie zu einem Tor, das sich auf eine Wiese öffnete. Dort legten sie sich aneinandergeschmiegt hin und schauten verträumt in den Himmel empor. Minna schlief ein. Nachdem Georg sie mit einem Grashalm an der Nase gekitzelt hatte, sprang sie auf, und auch Georg erhob sich.

Sie gingen durch das Tor zurück zum mächtigen Fruchtkasten, dessen untere Fenster nicht verglast waren. Man konnte hineinschauen und sah im Dämmerlicht alte Kutschen und Schlitten stehen. „Was die hier wohl sollen?" fragte Minna.

„Das ist ein Magazin", erwiderte Georg.

Weiter gingen sie zur Aussichtsterrasse mit der Kanone, deren bronzenes Rohr, Phallosgedanken erweckend, schräg nach oben durch eine Schießscharte der Brustwehr wies. Die Schießscharte gewährte zugleich die beste Aussicht. Nachdem beide das Kanonenrohr gestreichelt hatten, blickten sie auf das Städtchen hinunter.

Als sie bald nicht mehr allein waren, verließen sie das

Schloss. Sie begaben sich in die Konditorei am Marienplatz und nahmen an einem Tischchen platz, draußen, hinter Kästen mit rotblühendem Bohnengerank. Behaglich aßen sie Buttercremetorte und tranken Kaffee dazu. Ringsum klimperten die Löffel und Kuchengabeln anderer Gäste, die sich gedämpft unterhielten. Zwischendurch hörte man vom Fußballplatz Beifallsstürme herüberschallen.

Ein Automobil fuhr langsam über den Marienplatz und blieb vor dem Rathaus stehen. Ein korpulenter Herr stieg aus, schlug die Tür zu, schloss ab und ging davon. In dem Fenster unter dem Spitzgiebel bewegte sich wieder die Gardine.

Allmählich wurden die Schatten länger, und ein kühler Windhauch wehte über den Platz. Die Familien, die Liebespaare und Einzelgänger kehrten von ihren Spaziergängen zurück. Zufrieden zogen sie vorüber. In dem Fenster unter dem Spitzgiebel bewegte sich die Gardine.

Georg bezahlte und sie verließen die Konditorei. In einer halben Stunde ging Minnas Zug.

Schweigend zogen sie die Hauptstraße hinauf. Minna rechts, Georg mit der Tasche links. Die Sonne warf keine Schatten mehr von ihnen auf das Pflaster. Der Vorhang in dem Fenster unter dem Spitzgiebel bewegte sich nicht mehr, dafür brannte ein trübes Licht dahinter. Nur vor den Kammer-Lichtspielen staute sich eine kleine Menschentraube. Man wollte 'Die Braut des roten Husaren' sehen..

Über dem Bahnhofsportal leuchtete die große runde Uhr. Ihre starren Zeiger rückten regelmäßig vorwärts. Georg begleitete Minna auf den Bahnsteig. Wartend gingen sie auf und ab. Nach und nach fanden sich weitere Fahrgäste ein. Der Zug brauste heran. Georg reichte Minna die Tasche, sie stieg ein und reichte ihrem Freund die Hand aus dem Fenster.

„Kommst du nächsten Sonntag wieder?"

„Ja, wenn es geht."

„Dann zeige ich dir mal meine Bude."

Ein schriller trillernder Pfiff. – Türen knallten und klappten. Minna zog das Fenster zu. Ächzend setzte sich der Zug in Bewegung und rollte immer schneller aus dem Bahnhof. Zwei rotglühende Schlusslichter. Ein fernes Verrauschen. Georg ging leise pfeifend nach Hause. Morgen musste er wieder früh aufstehen.

Peterle ist tot

Nicht mehr lange, und es gibt Mittagessen. – Die Standuhr im Wohnzimmer, in dem auch gespeist wurde, hat gerade elf wohlklingende Schläge vor sich hin gezählt. Längst ist der Staubsauger dagewesen, ist gewischt und der Gummibaum gegossen. Die Sonne scheint durch die Gardinen ins Zimmer.

Es klingelt an der Haustür. Die Küchentür geht. „Ah, Hansjörg!" ruft die Mutter. „Schon fertig mit der Schule?!" Eine Antwort ist nicht zu vernehmen.

Nach einer Weile tut sich die Tür zum Wohnzimmer auf, und Hansjörg kommt herein. Mit vorgeschobener Oberlippe späht er auf das kleine Tischchen an der Balkontür. Dort steht es, würfelförmig, durchsichtig, und ein leises Summen und Prickeln von sich gebend. Auf dem Tischchen steht ein Aquarium.

Hansjörg ergötzt sich weniger an Straßenbummel, Kinogängen, Freundinnen oder am Tanz wie seine Mitschüler, sondern sitzt lieber in seinem Zimmer und liest und lernt.

Jetzt schreitet er mit einer wahren Gier zu seinem geliebten Aquarium, hockt sich davor nieder und schaut, über sich selbst erhoben, in die Welt sechs kleiner bunter Fische. Hin und her ziehen sie zwischen Wasserpflanzen, jagen einander über dem sandigen Grund und ziehen wieder ruhig ihre dreidimensionalen Bahnen. Manchmal verschwindet ein Fischlein in der Grotte, eines saugt mit großen starren Augen am Futterring, ein anderes schnappt an der Wasseroberfläche nach Luft und taucht wieder hinunter. Unaufhörlig perlt und prickelt der Sauerstoffspender. Hin und wieder durchschwimmt eines der Fischlein den Perlbrunnen.

Dort steht eines ganz still im Pflanzendickicht. Nur schemenhaft ist es zu erkennen …

Leise tritt die Mutter ein, stellt das Geschirr auf den Tisch, geht zum Buffet und entnimmt einer Schublade die Servietten. Bald ist sie wieder verschwunden, um dem Essen in der Küche die letzten Weihen zu verleihen.

Hansjörg blickt um sich. Es schien ihm, als sei etwas über ihn hinweggehuscht. Es war wohl nur eine Wolke, die kurz die Sonne verdeckt hatte. Er sammelt sich wieder und schaut.

Am Glasdeckel des Aquariums hängen dicke Tropfen kondensierten Wassers, von denen manchmal einer abtropft. Ein kleiner schwarzer Fisch schwänzelt auf und ab hinter dem Glas, als wollte er heraus. 'Das ist das Mohrle', sagt sich Hansjörg. und stupft gegen das Glas. Husch, schießt das Mohrle weg.

Da steht noch immer das eine Fischlein unbewegt im Dickicht. Nur schemenhaft ist es zu erkennen. Das Peterle. Warum rührt es sich nicht? - Hansjörg will es doch einmal mit Mutters Stricknadel aufscheuchen. Er hebt die Glasplatte ab.

Von oben betrachtet sieht das Reich der Fische ganz hell und flach aus. Der Nadelkopf dringt in das Dickicht. Das erwartete Wegzucken des Fischleins geschieht aber nicht. Hansjörg stutzt und versucht es noch einmal. Nichts geschieht. Und dann geschieht es doch: Silbrig Aufblinkend treibt langsam, die Unterseite nach oben gekehrt, das Peterle wie ein gleichgültiger Gegenstand ohne eigene Bewegung aus dem Dickicht empor.

Die Mutter kommt wieder herein „Hansjörg!? – Er sitzt wohl wieder in seinem Zimmer."

Unten im Haus wird ein Fahrrad eingestellt. Der Vater ist vom Dienst zum Essen gekommen.

„Wo ist der Junge?"

Dieser erscheint endlich und begrüßt den Vater, der schon die Serviette umgebunden hat. Hansjörgs Oberlippe zittert leicht, seine Augen sind gerötet. Die Eltern bemerken es nicht. Sie bemerken auch nicht, dass in dem Aquarium nur noch fünf Fischlein schwimmen.

Ohne zu reden schöpft man die heiße gelbe Suppe, neigt den Kopf dem Löffel entgegen, pustet und schluckt.

—

Auch eine Weihnachtsgeschichte

Es schneite noch immer. – Opa Hinzpeter stand im Rahmen der Haustür und sah hinaus. Es war dunkel geworden. Dicht fielen die Flocken über das Land und auf den Weg, der das abgelegene Häuschen mit dem Dorf verbindet. „Wo sie nur bleibt?" fragte sich der Alte und trat wieder in die überhitzte Wohnstube zurück.

Er blickte zur Wanduhr, die unentwegt ihr blinkendes

Perpendikel schwang. Verwundert ließ er sich in seinem mit weinrotem Plüsch überzogenen Lehnstuhl nieder. So saß er, bis die Uhr schlug.

„Ach, was kümmert mich die Helene! Sie wird sich im Dorf verplaudert haben und dann der Dunkelheit und des Schnees wegen dort geblieben sein."

Helene war seine Haushälterin, und nun hatte sie ihn für den Abend sich selbst überlassen. Das war lange nicht vorgekommen. Der Einsame blickte zum Kachelofen hinüber und richtete ein paar Koseworte an die davor liegende Pfiffi, seine uralte Dackelhündin. Bewegungslos nahm sie die Worte ihres Herrn hin.

„Niemand kümmert sich um uns, nicht wahr, aber uns soll auch niemand kümmern, jawohl! Wir wollen die Zeit schon nutzen! Zwar, Doktor Sahmen hat es verboten, aber sonst steht nichts im Wege, und was soll es schaden?"

Damit stand Opa Hinzpeter auf und ging zum Buffet. Er beugte er sich hinunter, lauschte noch einmal nach draußen, machte das Türchen auf und griff nach ihr, der lange verborgen gehaltenen Flasche. Er befühlte ihren kühlen Körper, neigte ihn, um das Etikett zu betrachten und brachte den Schatz zum Kachelofen, damit der rote Wein sich noch ein wenig erwärme.

Langsam hin und hergehend, von schönen Erwartungen durchdrungen, traf der Großvater weitere Vorbereitungen zu einem kleinen Fest. Er stellte die Silberschale hin und füllte sie mit dem Backwerk, das Helene für die Weihnachtstage bereitet hatte. Dabei fiel eine Pfeffernuss herunter, kullerte über den Boden hin und blieb unter dem Sofa liegen. Der Korkenzieher fand sich nach ungestümem Suchen, wobei der Großvater sogar einmal nach Helene rief. Er stellte ein Glas hin und entzündete die Kerze. Nachdem er die Flasche vom Ofen geholt, setzte er sich wieder, brachte sie zwischen die Knie und setzte den Korkenzieher an.

'Fpötsch', der Weg zum Wein war frei.

„Ein bisschen kann wirklich nicht schaden!"

Er goss ein, und ein süßer Duft verbreitete sich. Er nahm den ersten Schluck. „Ah – ach ja!" Bald stiegen alte Erinnerungen auf, verdichteten sich, und es war als wäre es noch heute. „Ah, das tut gut! – Sehr gut!"

Pfiffi richtete sich auf und begann zu bellen. Das riss den Zecher aus seinen Träumen. Er setzte das Glas hin und sah zur Stubentür. Pfiffi schlug erneut an. Beunruhigt erhob sich Opa Hinzpeter, um festzustellen was es gäbe, ob draußen jemand wäre.

Es hatte aufgehört zu schneien, Ein leichter Wind blies über das verschneite Land im Mondschein.

„Nanu!" Der Aufgestörte legte spähend eine Hand über die Augen, denn da näherte sich ein seltsames Gefährt. Schellenläutend kam es näher. Ein Schlitten, gezogen von zwei Elchen.

„Das Christkind!?"

Die Tiere waren mit Weinlaub bekränzt und der Fahrer war ein Knabe, splitternackt, goldglänzend.

Das Gefährt hielt vor der Haustür. „Ja, was ist denn das?"

„Ich bin's!" erwiderte mit perlendem Lachen der Knabe.

Mein Gott, er hatte ein buschiges Schwänzchen, eine Stupsnase, und kleine spitze Tierohren. Das war nimmermehr das Christkind!

„Gelt, du bist nicht das Christkind?"

„Wirst schon sehen!"

Der wundersame Knabe sprang aus dem Schlitten und tanzte, mit den Fingern schnippend, ins Haus. Zögernd folgte Opa Hinzpeter und mit eingezogenem Schwanz die uralte Pfiffi, die sich hergeschleppt hatte.

Drinnen führte der Knabe den Zögernden zu seinem Lehnstuhl, schwang sich ihm auf den Schoß und reichte ihm das Glas, das sich von selber neu füllte. „Trink, trink!" rief er ihm zu, und der Alte tat es. Bald küsste er den Kleinen.

Opa Hinzpeter trank und verlor sich allmählig. Indessen wandelte sich die Stube unter Singen und Klingen in einen Weingarten. Ringsum quollen Reben hervor mit roten und weißen Trauben.

Der alte Zecher verlor das Bewußtsein und sank zu Boden …

Am Morgen kam Helene. Sie schloss die Haustür auf und trat, den Schnee von den Schuhen stampfend, ein.

Die Tür zur Wohnstube stand offen. 'Warum ist sie nicht zu?'

Es war kalt in der Stube, der Ofen ausgegangen. Die Uhr stand still. Auf dem Tisch eine leere Weinflasche.

Plötzlich griff sich Helene ans Herz und stieß erst einen leisen, dann mehrere laute Schreie aus.

Neben seinem Lehnstuhl lag der Herr rücklings auf dem Boden und blickte mit verglasten Augen zur Decke. In einer Hand hielt er noch den abgebrochenen Stil eines Weinglases.

Er war tot. – Tot war auch Pfiffi.

Helene stand gelähmt. Dann ergriff sie eine wilde Unrast, und ziellos irrte sie im Haus herum, kam zurück, schaute, enteilte, sah nochmals zum Herrn und lief endlich hinaus, hinaus in die weiße Weite …

—

Kleine bunte Gefäße

Mit Erinnerungen ist es eine eigene Sache. Sie sind meist anders als die erlebte Wirklichkeit, bunter, geheimnisvoller, poetischer. Großes in der Erinnerung ist in Wirklichkeit oft kleiner. Manche Erinnerungen können auch wieder dürftiger sein als die vergangene Wirklichkeit.

Zu meinen schönsten Kindheitserinnerungen gehört ein Besuch der zwei Bahnstationen von unserer Stadt entfernten Roggenburg, einer Ruine, hoch über dem Flusstal ragend. Sie war zugleich Museum und Gaststätte. Von den musealen Dingen erinnere ich mich an einen sorgsam abgedeckten Brunnen, der bis zum Talgrund hinabreichen sollte, und der, wenn man an bestimmten Tagen hineinlauschte, die schönsten Märchen erzählen sollte. Durch eine kleine Pforte betrat man einen dicken Turm und stand im Dämmerlicht einem riesigen Tretrad gegenüber, in dem einst zwei Männer laufen mussten, um ein Mühlwerk in Gang zu setzen. Es gab ja hier oben keine Wasserkraft.

Nach der Betrachtung des eindrucksvollen Tretrades ließen wir uns, Mutter und Großmutter an einen Tisch unter rotem Sonnenschirm nieder. Es war ein heißer Sommernachmittag, und ich durfte Limonade trinken.

Als es mir unter dem roten Sonnenschirm langweilig wurde, erlaubte man mir, aufzustehen und ein wenig herumzugehen.

„Aber bitte sei vorsichtig, und halte dich von der Burgmauer fern."

Es war ein stolzes Gefühl, ganz allein diesen wundersamen Ort weiter erkunden zu dürfen.

Da gab es einen kleinen Garten, in dem eine weiße Ziege mit langem Bart weidete. Sie kam herbei und leckte einem die Hand.

Am Fuß einer bröckeligen Wand öffnete sich ein niedriges überwölbtes Kellerfenster. Auf dem Boden davor war eine Schar kleiner, bunt bemalter Tongefäße aufgestellt: Tässchen, Tellerchen, Schälchen und Schüsselchen. Es waren köstliche bunte Gefäße.

„Nimm nur, nimm!" Der Kopf eines unheimlichen Mannes war aus der modrig riechenden Tiefe emporgetaucht und sprach diese Worte.

Nach einigem Zögern nahm ich ein kleines Krüglein an mich. Auf dunkelblauem Grund war es mit weißen Blüten bemalt und glänzte berückend. Ohne für das Krüglein etwas zu verlangen sank der Kopf des unheimlichen Mannes zurück in die Kellertiefe.

Ich eilte mit dem Krüglein zu den Meinen unter dem roten Sonnenschirm.

„Goldig", sagte die Großmutter. "Hast du es geschenkt bekommen?"

„Der Mann, der aus einem Keller an das Fenster emporgetaucht war wollte nichts dafür haben. Viele andere kleine bunte Gefäße sind noch dort."

Die Mutter betrachtete das Krüglein, und fragte die vorbeigehende Kellnerin, was das denn für ein Mann sei, der solche Sachen herstellte.

„Das ist der Irre von der Roggenburg."

Das Kännchen ist verlorengegangen, aber es erscheint noch samt den anderen kleinen bunten Gefäßen des Irren von der Roggenburg in meiner Erinnerung, und wahrscheinlich schöner als es einst in der Wirklichkeit war. Oder ist es umgekehrt?

Mit Erinnerungen ist es eine eigene Sache …

—

Der Florian

Dies ist eigentlich keine richtige Geschichte, sondern nur eine Reihe von seltsamen, traurigen und auch wieder erheiternden Erlebnissen mit Florian, meinen ehemaligen Mitschüler.

Er war hoch gewachsen, immer gut gekleidet und bewegte sich geziert. Dabei hob er die Hände gern in Schulterhöhe, Daumen und Zeigefinger an den Spitzen gegeneinander drückend. Sprach langsam und etwas nasal.

Wegen mangelhafter Leistungen musste er das Gymnasium vor mir verlassen und trat als Lehrling in eine Drogerie ein. Mit seiner verwitweten Mutter und zwei Schwestern wohnte er in einem bescheidenen Haus am Stadtrand. Es erhob sich über einem kleinen Wiesenhang, von der Straße getrennt durch eine Stützmauer, über der sich ein niedriger Zaun entlangzog. Hinter diesem prangten schönste Rosen. Florian hatte sie angeschafft und gepflanzt. Er pflegte sie liebevoll. Sie waren sein ganzer Stolz, er kannte die ausgefallnen Namen jeder Sorte.

Nach dem Beginn seiner Lehrzeit, besuchte ich ihn öfters. Zumeist war mein Bruder dabei, gelegentlich auch Freund Franz. Enger zusammengeführt hatte uns ein drolliges Verkleidungsspiel.

An einem ganz gewöhnlichen Alltagsabend zog Florian altmodische Damenkleider an und bekrönte sein Haupt mit einem flachen schwarzen Strohhütchen. Ich setzte mir eine Sonnenbrille auf, deren linkes Glas zersprungen und mit Heftpflaster verklebt war. Mein Bruder glänzte mit braun geschminkten Gesicht und einem Spazierstock unseres Großvaters. Franz trug einen viel zu großen uralten Mantel und zerwühlte sein rotes Haar. So kehrten wir zum Bier- und Limonadengenuss in verschiedenen Gasthäusern ein. Meinen Bruder und mich schüttelten kleine Lachanfälle. Florian dagegen blieb komisch ernst und bezahlte die Zechen als unsere würdige Tante. Nach diesen Spielen klingelten wir bei der Mutter eines Mitschülers. Als sie die Tür öffnete riefen wir im Chor: „Ziehen von Wirtschaft zu Wirtschaft. Gibt es auch hier noch einen guten Trunk?" – Die Frau erkannte uns wohl, aber sie schloss verwirrt und empört sogleich wieder die Tür.

Florian hatte für uns etwas Faszinierendes. Wir verehrten ihn, machten uns aber auch im geheimen über ihn lustig. Bei vielen unserer Besuche wartete er mit einer Überraschung auf: Parfüms, Seifen und Liköressenzen aus seiner Drogerie und anderen schönen Sachen.

So bot er uns ein Glas eingemachter Aprikosen an, französisch, wie er erklärte und noch aus der Zeit der Kaiserin Eugenie stammend. Wir genossen die Früchte mit dem Gefühl, der längst vergangenen belle époque noch einmal ganz nahe zu kommen.

Unsere Treffen fanden im Wohnzimmer von Florians Haus statt. Seine Mutter und die beiden Schwestern zeigten sich nie, wohl aber kam gelegentlich ein kleiner weißer Hund herein. Wie gern hätten mein Bruder und ich einen solchen Hund gehabt! - Aber unsere Eltern hätten es niemals erlaubt. Der Hund hieß Struppi und sollte, wie die Parfüme und die Aprikosen, nicht lange mehr dasein. Der Tod des Hündchens regte mich zu einem etwas drastischen Gedicht an:

> *Was bringt man da zur Tür herein,*
> *So weiß, so still, so tot?*
> *Was will der Mützenmann bei uns?*

Es wird doch nicht der Struppi sein,
Sondern der Mucki von Frau Binderlein,
Den man da bringt so tot herein!
Es war der Mucki nicht, es war der Struppi!
Der lief gern fort und auf die Straße
Da hat der Mützenmann,
Ein Angestellter von der Müllabfuhr,
Ihn endlich totgefahren.

Ähnliche Verse galten einem alten Koffergrammophon, das Florian uns eines abends stolz vorführte. Neugierig betrachteten und befühlten wir das mit himmelblauem Leder überzogene Gerät und lauschten der krächzenden Musik, die Florian ihm entlockte. Den alten Schlager Parlez moi d'amour konnten wir nicht oft genug hören. Doch wie die Parfüme, die Aprikosen und der kleine Hund war auch das Grammophon bald nicht mehr da. Dies schien Florian wenig auszumachen.

An einem unserer letzten Besuche überraschte uns eine hochragende Porzellanamphore. Sie stand auf dem gefliesten Bodenstück neben dem Kachelofen. Golden glänzten der Fuß, die beiden Henkel in Gestalt von Schwanenprotomen und die Mündung. Der Körper war wie ein schlankes Ei geformt, der Hals abgesetzt und leicht eingezogen. Auf apfelgrünem, stellenweise ins erbsengrün spielendem Grund, prangten wie hinter dem Gartenzaun die herrlichsten Rosen. Sie waren nicht handgemalt, sondern im Druckverfahren aufgebracht. Wie gern hätten mein Bruder und ich ein solches Prunkstück besessen. Aber dergleichen war bei uns zuhause verpönt. – Bald nach unserem Besuch war das prächtige Stück verschwunden. Beim Putzen der Mutter umgefallen und zerscherbt. Florian lachte nur, als er auf die leere Stelle neben dem Kachelofen wies.

So beobachteten wir bei Florian verwundert Verlust auf Verlust. Am Ende wurde das kleine Haus verkauft. Die Rosen am Zaun gingen ein, und auch Florian war eines Tages verschwunden.

—

 **Heinrich B. Siedentopf,** Jahrgang 1935, studiert in Tübingen und promoviert dort im Fach Klassische Archäologie. Im Anschluss arbeitet er an der Bayerischen Akademie der Wissenschaften in München. Teilnahme an den deutschen Grabungen in Samos, Tiryns und Ägina. Lehraufträge an der Universität und Verfasser von Arbeiten über vorgriechische und griechische Kunst. Früh fasziniert ihn die schöne Literatur. In der Schulzeit schreibt er Gedichte und Theaterstücke, später die Kurzgeschichten *Der fremde Mann, Die Lichtangel* und *Die Reise nach Jerusalem.* Im Jahr 2010 erscheinen die Erzählsammlungen *Poesie auf Reisen, Das Mädchen aus Eresos* und *Halbschatten.* Er beschäftigt sich mit der Rekonstruktion altgriechischer Musik und komponiert Stücke für Kammermusik sowie Lieder.

Zum Fridolin

Zur Eröffnung der in den Jahren 1951–1957 entstandenen Texte steht das vom siebzehnjährigen Autor geschriebene und 1953 uraufgeführte Schauspiel *Das Gastmahl.* Ein junges Liebespaar nimmt an einem römischen Gastmahl teil zwischen Verwandten und Freunden des Hauses, die die frühen Hochzeitspläne der Beiden nicht billigen.

Bald danach wurde das *Lied vom Mischkrug* verfasst. Eroten töpfern, von einem weisen Silen unterstützt, einen Mischkrug. Er wird mit sinnreichen Bildern bemalt, nach der Arbeit mit Wein gefüllt und während eines fröhlichen Gelages in Dienst gestellt.

Die zwischen 1951 und 1957 entstandenen *Gedichte* sind skurril und surreal wie auch die in zwei Gruppen eingeteilten bunten Erzählungen *Erste Versuche* (1951–53) und *Fortschritte* (1954–57).

Die Texte wurden neuerlich revidiert und stellenweise rekonstruiert.

Poesie auf Reisen
Heinrich B. Siedentopf
ISBN 9783839144206
224 Seiten, 13,90 € inkl. MwSt.
BoD Verlag

Poesie auf Reisen

In drei Rahmenhandlungen sind 40 wundersame, märchenhafte und surreale Erzählungen eingefügt. Der erste Rahmen „Eintritt frei" stellt einen Geschichtenmacher dar, der in einem ehemaligen Hutladen seine Werke darbietet. Im Mittelpunkt des zweiten Rahmens „Nimmermehrs Flucht" steht ein Student, der zu den sieben Zwergen flieht. Er lauscht ihren Erzählungen, die allein zur Freude geschaffen sind und nicht, wie an der Universität, analysiert und kommentiert werden müssen. Im dritten Rahmen „Poesie auf Reisen" fährt ein junger Autor zum ersten Mal nach Rom. Im Zugabteil notiert er seine Erlebnisse und erträumt neue Fantasien und Geschichten.

Kostbare literarische – oft poetisch zarte Miniaturen. Beim Lesegenuss werden phantastische Bilder lebendig – mit bizarren Figuren in traumhaften Situationen und Landschaften, die wie faszinierende Fantasy-Filmbilder noch lange im Gedächtnis weiterschwingen.

Peter Schamoni

Das Mädchen aus Eresos
Heinrich B. Siedentopf
ISBN 9783839144206
136 Seiten, 8,90 € inkl. MwSt.
BoD Verlag

Das Mädchen aus Eresos

Das Mädchen aus Eresos ergänzt die von der Antike bis in unsere Zeit reichende Reihe von Fantasien über die berühmte, altgriechische Lyrikerin Sappho. Von den Alten auch als „zehnte Muse" bezeichnet, wurde sie im letzten Viertel des 7. Jhs. v. Chr. auf der Insel Lesbos geboren, vermutlich in der kleinen Stadt Eresos.

Die Erzählung versetzt den Leser in die Zeit der Kindheit und Jugend der Dichterin, in der sich zugleich ihr ganzes Leben spiegelt. Zitate aus den Liedern der Sappho und denen ihrer Zeitgenossen sind eingeflochten und verleihen dem Ganzen Authentizität.

Eine phantastische Zeitreise in die Gegenwart der Sappho. Getragen vom Rhythmus der in poetischer Prosa verfassten Erzählung, wird der Leser in die Welt der Antike entführt.

Halbschatten
Heinrich B. Siedentopf
ISBN 9783839166109
116 Seiten, 7,90 € inkl. MwSt.
BoD Verlag

Halbschatten Drei Partien surrealer Erzählungen

Der Stubenprophet. Menschen werden ihrem Alltag entrückt durch unheimliche Begegnungen mit Göttern und Heiligen, Fleisch und Tod, durch sonderbare Menschen und Gaben.

Der Ritt durchs Märchenland. Eine abenteuerliche Reise durch die Märchenwelten der Gebrüder Grimm als unterhaltsames Zwischenspiel.

Die letzen Jahre. Reale und übersinnliche Erlebnisse eines alternden Gelehrten an der Schwelle zum Jenseits.

Die Erzählungen sind in einem rückgewandten, genauen Stil gehalten, wie die Bildersprache der Surrealisten.
Dialektische Wechselspiele zwischen Hell und Dunkel, Hoffnung und Scheitern geleiten – fern aller Probleme unserer Zeit – in einen poetischen Halbschatten.